少年萌經典

三國演義

群雄鼎立分天下

明 羅貫中／原著
管家琪／改寫
NOFI／繪

【新版序】

寫在四大名著改版之前

管家琪

「大江東去，浪淘盡，千古風流人物。故壘西邊，人道是：三國周郎赤壁……」

這是西元一〇八二年，北宋大才子蘇東坡（西元一〇三七～一一〇一年）在遊覽赤壁時，遙想三國人物，再結合自身際遇，感慨良多，遂寫了這首〈念奴嬌・赤壁懷古〉。

三國時代距離蘇東坡所生活的年代，已是八百多年，距離我們今天則是一千八百年左右，但令蘇東坡觸動的各路英雄豪傑，至今仍魅力不減。三國熱似乎永不過時。

諸葛亮、關羽、張飛、劉備、曹操、孫權、趙雲、周瑜、魯肅、黃蓋……三國時代真是人才輩出，群星燦爛。值得一提的是，世人對三國人物的印象，其實大體都是來自元末明初小說家羅貫中（約西元一三三〇～約一四〇〇年）的《三國演義》。

所謂「演義」，是根據史書、傳說，加工編寫而成的長篇章回體小說。《三國演義》是中國古代第一部長篇小說，羅貫中展現了驚人的才華，所塑造的人物，一個個特色鮮明，躍然紙上。

譬如，《三國演義》開篇不久，貂蟬就演出一場高潮迭起的美人計兼連環計，協助大臣王允，利用呂布，除掉了惡貫滿盈的董卓。由於羅貫中寫得太精彩了，以至於很多人都不知道，原來貂蟬竟是「中國四大美人」（另外三位是西施、王昭君和楊貴妃）中唯一一位虛構的文學人物。

對於三國人物，羅貫中顯然最為偏愛諸葛亮。在真實的歷史上，諸葛亮確實非常優秀，集政治家、軍事家、文學家、發明家諸多身分於一身，被劉備三顧茅廬請出山的時候年僅二十六，是一位不可多得的青年才俊，只是在《三國演義》中，諸葛亮的厲害也未免過於誇張，不僅神機妙算，還會魔法——借東風。實際上，冬天時長江本來就偶爾會颳東風，周瑜等江東將領，長期在長江操練水軍，對此自然現象都很熟悉，可千里迢迢從北方跑來打仗的曹軍就渾然不知，讓周瑜等人就此找到了克敵之道。

赤壁之戰，諸葛亮最大的貢獻是促成孫劉聯軍，最後採取火攻是黃蓋的計謀，由周瑜指揮執行。為了凸顯諸葛亮有多厲害，周瑜在羅貫中筆下形象不佳，與真實歷史不符，實在是有點冤枉。

但不管怎麼說，《三國演義》就是好看，教人欲罷不能啊！

三國演義的誕生

《三國演義》這本書的作者是羅貫中，他出生於元朝末年，從小飽讀詩書。
四書、五經只是基本款，我全都背起來了！
羅貫中本名是羅本，貫中是他的字，號則是湖海散人。十四歲時母親因病去世。
娘，您不要死～
阿本，以後你就跟著你爹學做生意吧！
你們這些商人，把賺到的錢都繳出來給我大元朝。
我們賺到的錢不是我們的錢。我以後才不想做生意呢！
咕！
羅貫中對做生意沒興趣，父親只好讓他跟著當時有名的學者趙寶豐學習，直到二十六歲左右。
趙寶豐
老師，我決定去投靠張士誠，加入反抗元朝的行列。
你可要多多保重啊……
我建議攻打朱元璋的部下康茂才，鞏固我們的勢力。
張士誠
你這建議很好！

張士誠後來投降元朝，整天飲酒作樂，雖然又趁著元朝衰敗想乘機稱王，但羅貫中已對他感到失望。
拿酒來！
我不想努力了。
呿！
原本想回家鄉的羅貫中遇到正在寫《水滸傳》的施耐庵，便拜他為師。
老師寫這本《水滸傳》來勸戒世人，
我太感動了！請您當我的老師吧！
貫中，幫我抄寫這篇。
老師的原稿耶！
沒問題！我好期待老師寫完《水滸傳》的那天喔！
貫中啊，你要不要自己也試著寫寫小說呢？
好的！我對三國的故事很有興趣。
謝謝老師的鼓勵，我會加油！
朱元璋滅了元朝，當上明朝開國皇帝，並將施耐庵關進大牢裡。
你寫這本《水滸傳》就是想造反吧！
來人啊！把他關起來！
冤枉啊……
水滸
羅貫中花了一年多的時間救出施耐庵，但在回家途中，老師卻病死了。
老師，我會幫您把《水滸傳》拿去出版的。

羅貫中一邊整理《水滸傳》，一邊也完成了《三國演義》。
我終於不負老師的期望，完成《三國演義》了。
三國
水滸
這本《三國志》雖然忠於歷史，
但我要改變人物設定，讓故事更有趣。
三國演義
三國志
《三國演義》主要是根據正史《三國志》所改編。
北方的魏國就像元朝，是正統政權的篡奪者。
我要讓曹操當壞人！
其實我本人沒那麼壞的……
蜀國劉備要復興漢室，就像我懷念宋朝那樣。
我要讓劉備當好人！
我們蜀國終於翻身了！
至於吳國的孫權……就當配角吧！
我本人可是很賢能的……
還幫劉備安排超級軍師諸葛亮，任何厲害的計謀都是他想出來的。
呵呵
草船借箭是我想的耶！
怎麼變成諸葛亮的功勞了？

雖然青龍偃月刀有點太誇張，不過這樣才酷啊！
除了諸葛亮，還有很會打仗的名將關羽。
加上有點衝動又愛喝酒的張飛，
酒
蜀國這四人便是《三國演義》的主角群。
羅貫中筆下的世界，人物個性鮮明。
三國對戰鬥軍力更鬥腦力，被後人持續流傳，並出現許多版本。
其中最有名的是清初毛宗崗父子修訂的版本。
爹！楊慎的這首〈臨江仙〉非常適合當作《三國演義》的開篇詞。
〈臨江仙〉
滾滾長江東逝水，浪花淘盡英雄，是非成敗轉頭空。青山依舊在，幾度夕陽紅。
白髮漁樵江渚上，慣看秋月春風，一壺濁酒喜相逢。古今多少事，都付笑談中。

蜀國陣營

字：孔明
綽號：臥龍先生
身高：八尺（180～190公分）
個性：人品好，充滿智慧，
　　　做事認真。
配備：喜歡戴帽子，
　　　拿著一把有羽毛的扇子。

字：玄德
身高：八尺（180～190公分）
特徵：耳垂很長到肩膀，
　　　手臂很長過膝蓋。
個性：話不多，不怎麼愛讀書。
武器：雙股寶劍
原本的工作：賣草鞋

關羽

字：雲長
民間尊稱：關公
身高：九尺（200公分以上）
特徵：丹鳳眼，鬍鬚很長，
　　　臉永遠紅通通。
個性：忠義且正直勇敢
武器：青龍偃月刀
交通工具：赤兔馬

趙雲

字：子龍
身高：八尺（180～190公分）
個性：英勇且武藝高超，
　　　使命必達。
武器：長槍

張飛

字：翼德
身高：八尺（180～190公分）
特徵：眼睛大又圓，滿臉落腮鬍，
　　　皮膚黝黑。
個性：開朗爽快但易衝動
武器：丈八蛇矛
原本的工作：殺豬兼賣酒

三國英雄人物

亂世梟雄 **曹操**

字「孟德」，小名「阿瞞」，個性好猜忌，且心狠手辣，有嚴重的偏頭痛。

東吳霸主 **孫權**

字「仲謀」，父親是孫堅，哥哥是孫策，信任屬下。

字「仲穎」，自大殘暴，肥胖，喜愛美色。

字「奉先」，有勇無謀，董卓是他的乾爹。

字「公瑾」，雖然聰明，但氣量狹小，愛生氣，孫權的愛將。

幽州
（桃園三結義）
魏
曹操
洛陽
官渡
徐州
★許昌
新野
襄陽
建業
荊州
赤壁
吳
孫權

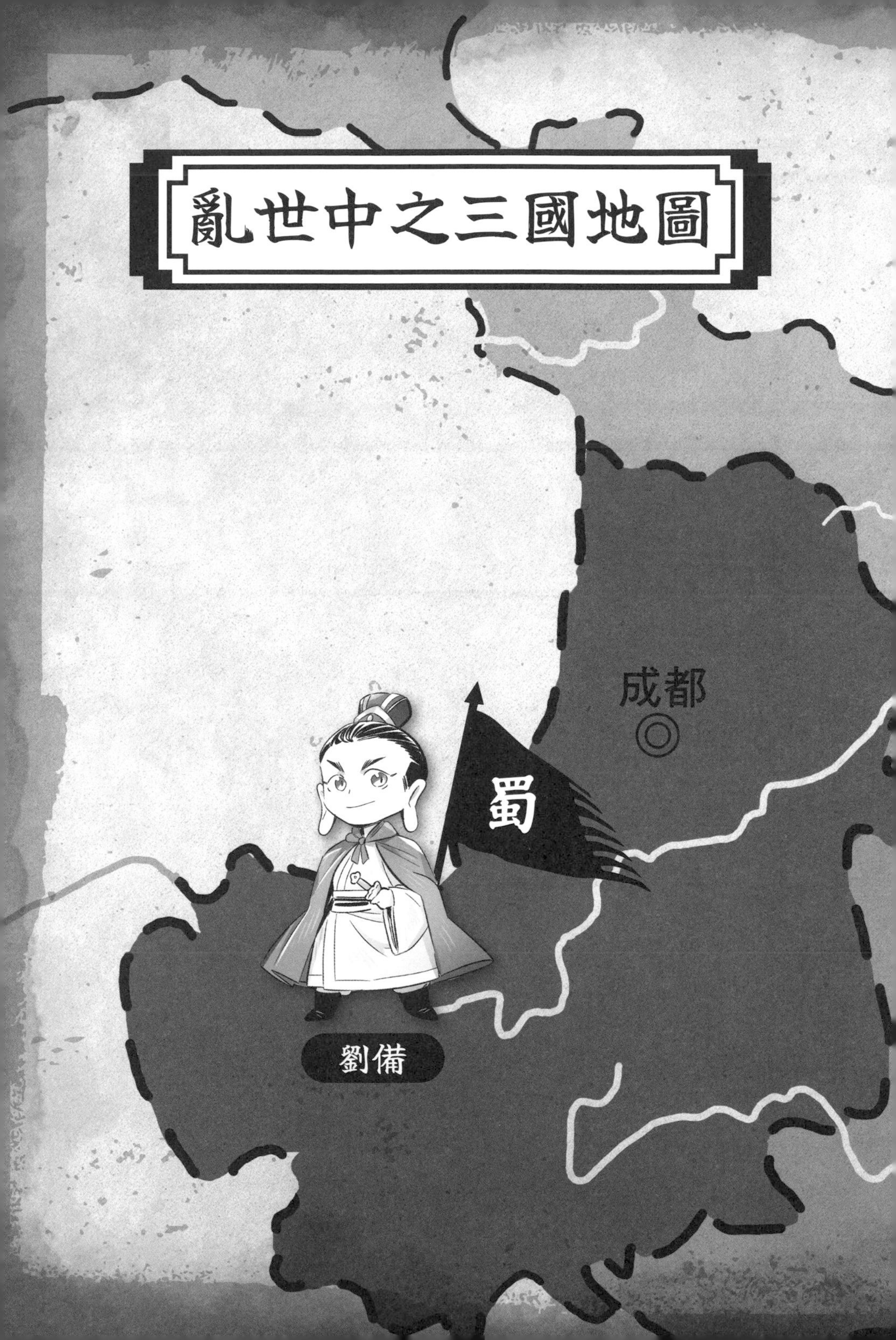
亂世中之三國地圖
成都
蜀
劉備

目錄

壹

董卓難過美人關

劉關張三兄弟嶄露頭角

第一章　桃園結義

話說天下大事，分久必合，合久必分。周末七國相爭，秦一統天下；秦滅之後，楚漢相爭，楚又併入於漢。但是到了東漢末年，又天下大亂，張角領著四、五十萬黃巾軍起義造反，聲勢浩大，官兵幾乎都無力抵擋，所到之處，望風披靡。

眼看黃巾軍就要前犯至幽州地界，幽州太守劉焉趕緊貼出布告，招兵買馬。

布告行到涿（ㄓㄨㄛˊ）縣（今河北省），引出涿縣中一個英雄，

名叫劉備，字玄德，年二十八歲，是漢朝中山靖王劉勝的後代；他的相貌挺特別，身長八尺，兩耳垂肩，雙手過膝；他的性情寬和，話不多，喜怒不形於色，不大愛讀書，但素有大志，專好結交天下豪傑。

劉備在很小的時候，父親就過世了，家裡非常貧困，靠賣草鞋度日，但他事母至孝，是一個出了名的孝子。

劉備和母親住在涿縣的樓桑村。這天，他到縣城來賣草鞋，看到布告，頗為感慨，不由得搖頭嘆氣，隨即有人在他身後大聲說：「大丈夫不替國家出力，嘆什麼氣啊！」

劉備回頭一看，只見這人身長八尺，豹頭環眼，滿臉的落腮鬍，又黑又硬。劉備看這人相貌威猛，就問他的姓名。

「我叫張飛，字翼德，世居涿郡，以殺豬賣酒為生，喜歡廣交天下英豪。剛才見你看榜嘆氣，是為什麼啊？」

劉備報了自己的姓名之後說：「我本來是漢室宗親，現在聽說黃巾賊造反，很想破賊安民，只恨力量不夠，所以才忍不住嘆氣。」

張飛立刻非常爽快的說：「我頗有資財，現在我願意捐出家產，招兵買馬，與你一起去參軍，你看怎麼樣？」

劉備大喜過望，便和張飛走進一家酒店，一邊喝酒一邊商議。

兩人正喝著酒，一個大漢推著一輛車子，先把車子停放在店門口，然後走進店中，一坐下就大聲呼喚酒保：「快拿酒來，我急著要去投軍！」

劉備看看那人，身長九尺，長鬍鬚有二尺，面紅如棗，眉似臥蠶，還有一雙炯炯有神的丹鳳眼。劉備看他相貌堂堂，威風凜凜，就邀他同坐，問他的姓名。

「我叫關羽，字雲長，因家鄉惡霸仗勢欺人，我殺了家鄉的一個惡霸以後，就一直流落江湖，如今聽說這裡招兵，所以特別來投軍。」

劉備見大家志向相同，便說了自己和張飛的打算，並邀關羽一起共圖大事。關羽大喜，三人便一起來到張飛的莊院。

這時，不知不覺已是黃昏時分。張飛提議道：「我家後面有一處桃園，如今正是桃花盛開的時節。既然我們三人一見如故，不妨明天在桃園中祭告天地，結為異姓兄弟，從此同心協力，幹一番轟轟烈烈的大事！」

劉備和關羽都齊聲應道：「這樣最好！」

第二天，他們在桃園中準備了各式祭禮，三人焚香再拜，一起發誓道：「劉備、關羽、張飛，雖然異姓，既結為兄弟，則同心協力，報效國家，不求同年同月同日生，只求同年同月同日死！皇天后土，實鑑此心，背義忘恩，天人共戮！」

他們按照年齡，劉備為長兄，關羽為次，張飛為三弟。

祭拜完天地，他們宰牛設酒，聚鄉中勇士一共三百餘人，在桃園中痛飲一番，接下來，又有兩個熱心的人，送了他們一批物資及五十匹好馬。

三人也開始打造武器。劉備打造的是雙股寶劍，非常鋒利；關羽打造的是一把青龍偃月刀，又名「冷豔鋸」，重八十二斤；張飛打造的則是一根丈八蛇矛。

於此同時，又有更多的人加入他們。最後，一切準備妥當，他們就率領著五百多個勇士，浩浩蕩蕩的來到幽州太守劉焉那兒去應募從軍。

從軍以後，弟兄三人天天同桌吃飯，同床睡覺，感情日益深厚。

他們一起打了不少勝仗，名氣也漸漸大了起來。

第二章 曹操獻刀

漢靈帝因病而死，宮中動盪不安，西梁刺史董卓乘機率兵進入洛陽，憑武力強行廢去少帝，另立九歲的陳留王為獻帝，為非作歹，掌握了朝中大權。

董卓字仲穎，是隴西臨洮（ㄧㄠˊ）人，他手下有一名大將，也是他的義子，名叫呂布，字奉先，非常勇猛，不過是屬於「有勇無謀，見利忘義」的人。

呂布本來不是董卓的義子，是董卓用重金厚禮，以及一匹名叫

「赤兔」的千里馬，把他收買過來的。

董卓為人心狠手辣，又恣意殘害忠良，激起朝中大臣的憤怒，人人都想除掉他。

有一天，有一個越騎校尉，名叫伍孚，在迎接董卓上朝的時候，突然拔出一把暗藏的小刀，奮力朝董卓刺過去，但是，身軀非常龐大的董卓，力氣也很大，兩手一擋，就擋掉了伍孚，呂布也大步衝了過來，只一下便摺倒了伍孚。

董卓喝問：「你居然敢造反？是誰指使你的？」

伍孚瞪著眼大罵道：「你又不是我的君主，我也不是你的臣子，何反之有？況且你罪惡滔天，人人都希望得而誅之！」

董卓大怒，立刻下令把伍孚拖出去處死。伍孚直到臨死都還罵不絕口。

從此，董卓出入任何地方，都有甲士護衛，想要接近他，都不大可能了。

有一天，大臣王允在家設宴慶祝生日，很多大臣都紛紛前來祝壽。

酒過數巡之後，王允忽然掩面大哭，眾官都驚問道：「今天是您的生日，應該高興才對，為什麼這麼悲傷呢？」

王允說：「其實今天並不是我的生日，只不過是因為我有事想與大家商議，怕董卓會起疑心，才假借過生日這樣的名目。董卓胡作非為，欺主弄權，社稷危在旦夕；想當初高皇誅秦滅楚，才有天下，誰曉得傳到今天，居然眼看著就要喪於董卓之手！我是想到這個才哭的啊！」

眾官聽了，也非常傷感，都跟著哭了起來。

就在這時，有一個人卻拍手大笑道：「就算滿朝文武都坐在這裡，從晚上哭到白天，再從白天哭到晚上，難道這樣就能把董卓給哭死嗎？」

大家抬頭一看，原來此人是驍（ㄒㄧㄠ）騎校尉曹操。

曹操，沛國譙（ㄑㄧㄠˊ）郡人，身長七尺，細眼長鬚，字孟德，小名阿瞞。

王允怒視曹操，生氣的說：「你的祖先也是漢朝大臣，你不想想怎麼報國，居然還大笑？」

曹操說：「我不笑別的，只是笑在這裡有這麼多大臣，卻沒有人能夠想出一條除掉董卓的辦法，我雖然不才，倒是已經想到了一條計策。」

王允急忙問道是什麼辦法。

曹操說：「這些日子以來，我一直在董卓手下做事，就是希望取信於他，以便有機會接近，然後設法除掉他。現在董卓已經相當信任我，我可以近他的身了。聽說您有一把七星寶刀，請暫時借給我，我打算以獻刀為名，乘機除掉他，雖死無憾！」

王允立刻轉怒為喜，親自替曹操斟酒，讚美道：「孟德果然是一個有心人啊！」

第二天，曹操佩著這把七星寶刀來到相府，拜見董卓。董卓正坐在床上，呂布站在他的身旁。

董卓問：「你怎麼來遲了？」

曹操說：「我的馬瘦，跑得慢，所以來遲了。」

董卓知道曹操是一個人才，想要拉攏他，就對呂布說：「你去從我的馬群中挑一匹西梁好馬來送給曹操。」

呂布領命出去。曹操心中竊喜，暗忖道：「呂布不在，事情就好辦了，也算是這傢伙該死！」他恨不得立刻就拔劍刺過去，但因擔心董卓的力氣大，不敢輕舉妄動。

董卓太胖，不耐久坐，遂倒身而臥，並且背對著曹操。

曹操又想：「機會來了，你領死吧！」正要拔刀，不料帳中有一面銅鏡，董卓從鏡中看到曹操拔刀，急忙回身喝問：「你要幹什麼？」

這時，呂布牽著馬也已來到門外。

曹操見已經錯失了良機，倉皇之中急忙跪倒在地上，隨機應變道：「我有一把寶刀，特來獻給大人。」

董卓接過一看，這把刀一尺多長，上面嵌著七顆寶石，非常鋒利，果然是把寶刀，便隨手遞給了呂布，然後親自帶曹操出去看馬。

曹操對董卓非常感謝，並且說：「我想出去試騎一下。」

董卓就叫人替馬配上鞍轡（ㄆㄟˋ）。曹操牽著馬出了相府之後，就立刻飛身上馬，快馬加鞭朝東門而去。

呂布對董卓說：「我看曹操剛才好像有行刺的意圖，被您識破之後才推說是來獻刀。」

董卓說：「我也有點懷疑。」

兩人正在討論，董卓的心腹李儒來了，董卓把剛剛發生的事告訴李儒。

李儒說：「曹操在京城並無妻小，現在不妨派人去找他，他如果坦蕩而來，方才便真的只是獻刀，如果推託不來，就是心裡有鬼。」

董卓認為這個辦法很好，便立刻派人去叫曹操。

不料，那些士兵去了很久才回來報告說，曹操沒有回家，而是騎馬從東門飛奔而去，門吏問他什麼事這麼匆忙，曹操還說：「丞相差我去辦一件緊急的公事！」

李儒說：「曹操顯然是心虛逃走了。」

董卓勃然大怒道：「好哇！我這麼器重他，他居然想行刺我？」

於是，董卓立刻向各州府發布命令，有誰能夠抓住曹操，就賞千金、封萬戶侯，有誰若敢窩藏曹操，就和曹操同樣治罪。

曹操逃出京城後，就一路快馬加鞭，飛奔譙郡。途經中牟縣時，被守城的士兵抓住，送他去見縣令。

曹操詭辯道：「我姓皇甫，是一個商人。」縣令仔細端詳了他一會兒，說：「你是曹操，你騙不過我的；我之前到洛陽求官時，曾經見過你。」

縣令叫人把曹操先關起來，說第二天再解送到京城去領賞，又對抓到曹操的士兵賞賜了豐富的酒食。

到了深夜，縣令派人暗中把曹操從監獄裡帶了出來，送到後院。

縣令問道：「我聽說丞相待你很不錯，為什麼你還會想行刺他，自取其禍？」

曹操說：「小小的燕雀怎麼會知道大鳥的志向？你既然抓到我，把我解去領賞就是了，何必多問！」

縣令叫左右退下，然後對曹操說：「你不要小看我，我也不是一般那種只知道做官的人，只可惜一直沒遇到明主而已。」

曹操一聽，這才願意向縣令說明自己的想法。

「我家世世代代都在漢朝做官，食漢朝的俸祿，我如果不想想該如何報國，與禽獸又有什麼兩樣？我委屈自己，假裝為董卓做事，只是想找機會接近他，再乘機除掉他，現在無法成功，是天意啊！」

縣令問：「那你現在要到什麼地方去呢？」

曹操說：「我想回到家鄉，發布文告，邀請天下諸侯共同起兵討伐董卓！」

縣令深受感動，解開綁縛曹操的繩索，扶他上坐，拜了兩拜，說：「先生真是天下忠義之士啊！」

曹操也向縣令回拜，並且問他姓名。縣令告訴曹操，他叫做陳宮，老母妻子都在東郡，現在被曹操的忠義精神所感動，願意棄官追隨曹操，一起逃走。

曹操非常高興。當天夜裡，兩人收拾了一下，便各背了一把寶劍，連夜騎馬往曹操的家鄉逃去。

走了三天，來到成皋（ㄍㄠ）。這時，天色已晚，曹操用馬鞭指指前面樹林深處，對陳宮說：「這裡有一個叫做呂伯奢的人，是我父親的結義弟兄，我們到他家去借住一宿，順便問問我家裡的消息，你看怎麼樣？」

「那太好了。」陳宮說。

兩人來到莊前下馬，進去拜見呂伯奢。呂伯奢見到曹操，頗為意外，說：「我聽說朝廷已經發布文書，到處捉拿你，你父親都已經逃走了，你是怎麼來的？」

曹操把事情經過都詳細的說了，呂伯奢還鄭重向陳宮致謝，感謝他救了曹操。

呂伯奢讓他們在前廳休息，自己就到後屋去了，過了好長一段時間，才從後屋走出來說：「我家沒有好酒，我現在就去西邊的村子打些好酒，來好好的款待你們。」說完，就騎上驢子，匆匆的走了。

曹操與陳宮坐了一會兒，忽然聽見屋後有磨刀的聲音。曹操心中起了懷疑，對陳宮說：「說起來呂伯奢也不是我的至親，他這一去，相當可疑，會不會是到官府去告密？我們偷聽一下吧！」

兩人輕手輕腳剛潛入草堂後面，就聽見有人說：「綁起來再殺，怎麼樣？」

曹操小聲說：「果然有詐！我們如果不先動手，就要被他們抓起來了！」

於是便與陳宮一起拔劍衝了進去，不問男女，見人就殺，一連殺了八個人。但是最後搜到廚房，卻看見一頭豬被綁了起來，正準備被宰的樣子。陳宮十分懊悔，不免埋怨道：「你太多心了，害我們誤殺了好人！」

這裡自然是不能再待下去了，兩人便急急上馬離開。走了不到兩里，只見呂伯奢迎面而來；他的驢鞍上面掛了兩瓶酒，手裡還拿了一些果菜。

呂伯奢不解的問道：「賢侄和陳縣令怎麼走了？」

曹操說：「我是被追捕的罪人，不敢久留。」

呂伯奢又說：「我已經吩咐家人宰一頭豬來款待你們，你們在我家睡一晚再走吧！」

曹操不肯，繼續策馬前進，呂伯奢仍然跟上來好心勸說。走了幾步，曹操突然對呂伯奢說：「咦，你看，那邊來的是什麼人？」就在呂伯奢一回頭的時候，曹操竟拔出寶劍，一劍就把呂伯奢給殺死了！

陳宮大驚，「剛才是誤殺，現在又是為了什麼？」

曹操說：「待會兒他回到家，看見我們把他的家人都殺了，絕對不會放過我們，一定會率眾來追趕我們，到時候我們就麻煩了。」

陳宮大大不以為然道：「明知不對，還要枉殺好人，這實在太不仁義了！」

沒想到，曹操居然說：「寧教我負天下人，不教天下人負我！」

陳宮聽了，驚愕得說不出話來。

當天夜裡，他們一連趕了好幾里路，然後在月光下敲開一家客店投宿。餵飽了馬，曹操倒頭就睡，陳宮卻怎麼也睡不著。

「我以為曹操是好人，才棄官跟他走，原來他和董卓根本是同路人，也是一個狼心狗肺之徒！將來一旦得勢，一定會危害天下百姓，不如我現在就先除掉他！」

想到這裡，陳宮便舉劍想要殺曹操，但忽然又轉念一想：「我為了國家，才跟著他來到這裡，如果現在殺了他，也是不義，倒不如離開他，趕緊走吧！」

於是，陳宮插劍上馬，還不等天亮，就獨自前往東郡去了。

第三章　溫酒斬華雄

曹操逃回家鄉以後，一邊豎起上書「忠義」兩個大字的旗幟，在家鄉招兵買馬，並發出一道檄（ㄒㄧˊ）文，號召各路諸侯會盟，共同討伐董卓，很快的就聚集了十八路人馬。

各路軍馬，多少不等，有三萬的，也有一、兩萬的，各領文官武將，紛紛投洛陽而來。

北平太守公孫瓚（ㄗㄢˋ），也統領精兵一萬五千人前往洛陽。途經德州平原縣，遙見桑樹叢中，一面黃旗，數騎相迎，仔細一看，為首的原來是劉備。

公孫瓚問道：「賢弟怎麼會在這裡？」

劉備說：「從前承蒙兄臺保我為平原縣令，今天聽說您大軍將經過這裡，特別在此恭候，請兄長入城稍事休息。」

公孫瓚指著關羽和張飛問道：「這兩位是誰？」

「他們是關羽和張飛，都是我的結義弟兄。」

「是和你一起破黃巾賊的嗎？」

「都是他們倆的功勞！」

「現在是什麼職務？」

「關羽為馬弓手，張飛為步弓手。」

公孫瓚忍不住嘆道：「這真是埋沒了英雄啊！」

接著，公孫瓚說，現在董卓作亂，天下諸侯共往誅之，提議劉備不如棄了那小小的平原縣令，一起去討賊，力扶漢室。

劉備和關羽、張飛商量了之後，欣然接受這樣的建議，三人便引數騎也跟著公孫瓚而來，參加了會盟。

曹操宰牛殺馬，大會諸侯。眾人歃（ㄕㄚˋ）血為盟，推袁紹為盟主。大家都慷慨激昂，異口同心的表示要協助討伐董卓。

結盟完畢，各路軍馬在袁紹的指揮下，以長沙太守孫堅為先鋒，浩浩蕩蕩向洛陽東部的汜水關殺去。

董卓自專攬大權後，每天只顧飲宴，得知此事之後，大驚失色，急聚眾將商議。呂布挺身而出說：「父親不必憂慮，關外諸侯，我根本就不把他們放在眼裡，我這就去把他們的腦袋統統砍下來，懸在都門上！」

董卓非常高興，「我有你這個義子，一切都可高枕無憂啦！」

這時，呂布身後有一個人高聲說：「殺雞何必用牛刀？這種小事，我去就可以了！」

這人是驍騎校尉華雄，身長九尺，虎體狼腰，豹頭猿臂，是一個非常厲害的猛將。

董卓非常滿意，立刻派華雄率五萬兵馬增援汜水關。華雄果然威猛無比，一戰就將孫堅殺得落花流水。

這天，袁紹等人正在帳中議事，有探子來報，說華雄正在陣前挑戰。

袁紹問：「誰敢去戰？」

袁術手下一名驍將俞涉說：「小將願意！」

袁紹心喜，便命俞涉出馬應戰。可是，才短短一會兒工夫，就有士兵衝進來報告：「俞涉與華雄戰不到三個回合，就被華雄斬了！」

眾人大驚。冀州太守韓馥說：「我麾下的上將潘鳳，可斬華雄。」

袁紹又急令潘鳳出戰。潘鳳手提大斧上馬。去沒多久，士兵又飛馬來報：「潘鳳又被華雄斬了！」

眾人都十分錯愕。袁紹說：「唉，可惜我的兩個上將顏良和文丑不在，只要他們有一個在，哪裡會怕什麼華雄！」

話才剛說完，就聽到底下有一個人大呼：「小將願意去斬華雄的首級，獻於帳下！」

大家紛紛轉頭一看，看到一個紅臉大漢威風凜凜的立於帳前。袁紹問此人是誰，公孫瓚說：「是劉玄德的弟弟關羽。」

袁紹問：「他現在是什麼職務？」

公孫瓚說：「跟隨劉玄德充馬弓手。」

袁術一聽，勃然大怒道：「你是以為我們這麼多諸侯沒有大將了嗎？一個小小馬弓手，也敢口出狂言，還不快給我打出去！」

曹操倒趕緊出面勸阻道：「您先別生氣，此人既然口出狂言，必有勇略，何不讓他去試試看，如果敗了，再責怪他也不遲。」

可是袁紹還是有些顧慮，「派一個馬弓手出戰，這一定會被華雄恥笑！」

曹操說：「此人儀表不俗，華雄怎麼會知道他是馬弓手？」

這時，關羽也很有把握的說：「如果我勝不了，就請砍我的腦袋！」

曹操命人倒了一杯熱酒給關羽，請關羽喝了以後再去應戰。關羽說：「酒先暫時放在這裡，我去去就來。」

說完，就出帳提刀，飛身上馬。

各路諸侯都在帳中等候。只聽見外面鼓聲大作，殺聲震天，好像天崩地裂似的，眾將聽了都頗為心驚。

袁紹正想派人去打聽情況，忽然聽見一陣馬蹄聲由遠而近，直到帳外。緊接著，關羽就提著華雄的腦袋，大踏步的走了進來，然後把華雄的腦袋扔到了地上。

而先前曹操命人替他倒的酒，此刻還是溫的呢！

袁紹、袁術和曹操等人都大為驚嘆，從此以後，都對劉備、關羽和張飛等三兄弟刮目相看。

第四章　王允的連環計

　　眼看董卓即將篡位，朝中文武都無計可施。

　　但是大臣王允不死心，在曹操謀刺董卓失敗以後，他又想出了一個連環計，想要藉呂布之手，除掉董卓。

　　王允的計謀是這樣的：經過觀察，他發覺董卓和呂布都是好色之徒，而他府裡有一個歌伎，名叫貂蟬，是自幼被選入府中，教以歌舞，今年二八年華，色伎俱佳，很得王允的喜愛，王允待她就像是親生女兒一樣；王允打算先假意要將貂蟬嫁給呂布，再把她獻給董卓，然後讓貂蟬來離間董卓和呂布，促使這對義父子反目。

貂蟬是一個重情義的女子，她有感於王允的恩情，早就希望能夠有機會報答王允，而好一段時間以來，她看王允天天愁眉深鎖，知道王允一定是為了國家大事而煩心，深為自己無法為王允分憂而遺憾，因此，當王允和她提起自己的計畫時，貂蟬一口就答應了。

第二天，王允先派人密送了一份厚禮給呂布，呂布非常高興，親自到王允家中道謝。

王允早就準備了豐盛的美食，款待呂布，席間並一再說：「方今天下別無英雄，只有將軍啊！我不是敬將軍之職，而是敬將軍之才！」說得呂布心花怒放。

喝到酒酣耳熱的時候，貂蟬豔妝而出，呂布驚為天人，立刻就看呆了，回過神來之後才連忙問王允，這個絕色佳人是誰？

王允說：「是小女貂蟬。」然後就叫貂蟬替呂布斟酒。

在貂蟬斟酒的時候，呂布一直目不轉睛的看著；經過一番眉來眼去，呂布的魂兒都快被貂蟬勾走了。

呂布萬萬沒有想到，又喝了幾杯以後，王允居然會說：「我想把小女送給將軍當作小妾，不知道將軍肯不肯接納？」

呂布興奮得立刻站起來說：「如果真是這樣，我一定會好好報答您的！」

王允答應呂布，一定會盡快選一個良辰吉日，把貂蟬送到呂布的府上。

可是過了幾天，王允又把董卓請到家中款待，同樣叫貂蟬出來服侍董卓，並同樣表示要把貂蟬獻給董卓，但不同的是，這回他是當天就把貂蟬送到了相府。

當呂布發現貂蟬竟然成了董卓新納的小妾，簡直就要氣炸了！他氣呼呼的跑去找王允理論：「你不是說要把貂蟬送給我？怎麼又送給了董太師？你這不是存心戲弄我嗎？」

可是王允裝出一副無辜的樣子，硬說是董太師在明知他已經把貂蟬許配給呂布的情況之下，好意說要替呂布先把貂蟬領回去，誰知道後來太師竟然自己霸占了貂蟬。

呂布聽了之後，真是咬牙切齒，但又不敢去質問董卓。

有一次，呂布實在按捺不住對貂蟬的思念，偷偷跑去窺視貂蟬，而貂蟬知道呂布正在窺視自己，便故意裝出極為哀怨的樣子，呂布看

了，更加深信貂蟬是被迫陪伴在董卓身邊，十分難受。

又有一次，呂布入內來向董卓問安，貂蟬站在床後，探出上半身深情的望著呂布，一方面以手指指自己的心，一方面又指指董卓，揮淚不止，呂布的心都快碎了，從此對董卓更加怨恨。

貂蟬愈是得到董卓的寵愛，也就愈努力讓呂布相信，她完全是被迫成為董卓的小妾，實際上她是對呂布一往情深，並不斷暗示希望呂布能早日把自己從董卓的手裡解救出來；心繫貂蟬的呂布則完全相信了。

董卓的心腹李儒，在發現了這個矛盾之後，力勸董卓不如乾脆把貂蟬賜給呂布，呂布在感恩之餘，今後一定會更加忠心，否則倘若呂布懷有二心，就會壞了董卓的大事。

董卓覺得李儒說得也有道理，但稍一試探貂蟬，「我想把妳賜給呂布，妳看怎麼樣？」貂蟬

立刻尋死尋活，表示絕不受辱，並乘機向董卓告狀，說呂布暗中對她動手動腳，不大規矩，董卓聽了非常生氣。

第二天，李儒又來催促董卓把貂蟬送給呂布，董卓說：「呂布與我有父子的名分，不便這樣做。」

李儒說：「太師千萬要三思，不要被婦人所惑啊！」

董卓立刻臉色大變，很不高興的說：「你的妻子，肯送給呂布嗎？貂蟬的事，不准再提了，再提我就宰了你！」

李儒出了相府，不禁仰天長嘆道：「唉，真沒想到我們都將死在婦人之手了啊！」

李儒說得沒錯。王允這種「不用干戈不用兵」的離間計果然奏效。

不久，為了奪回貂蟬，呂布果真一戟（ㄐㄧˇ）刺透了董卓的咽喉，李儒也被綁赴市曹斬首示眾。

貳

勢如破竹的曹操

被迫分開的劉關張三兄弟

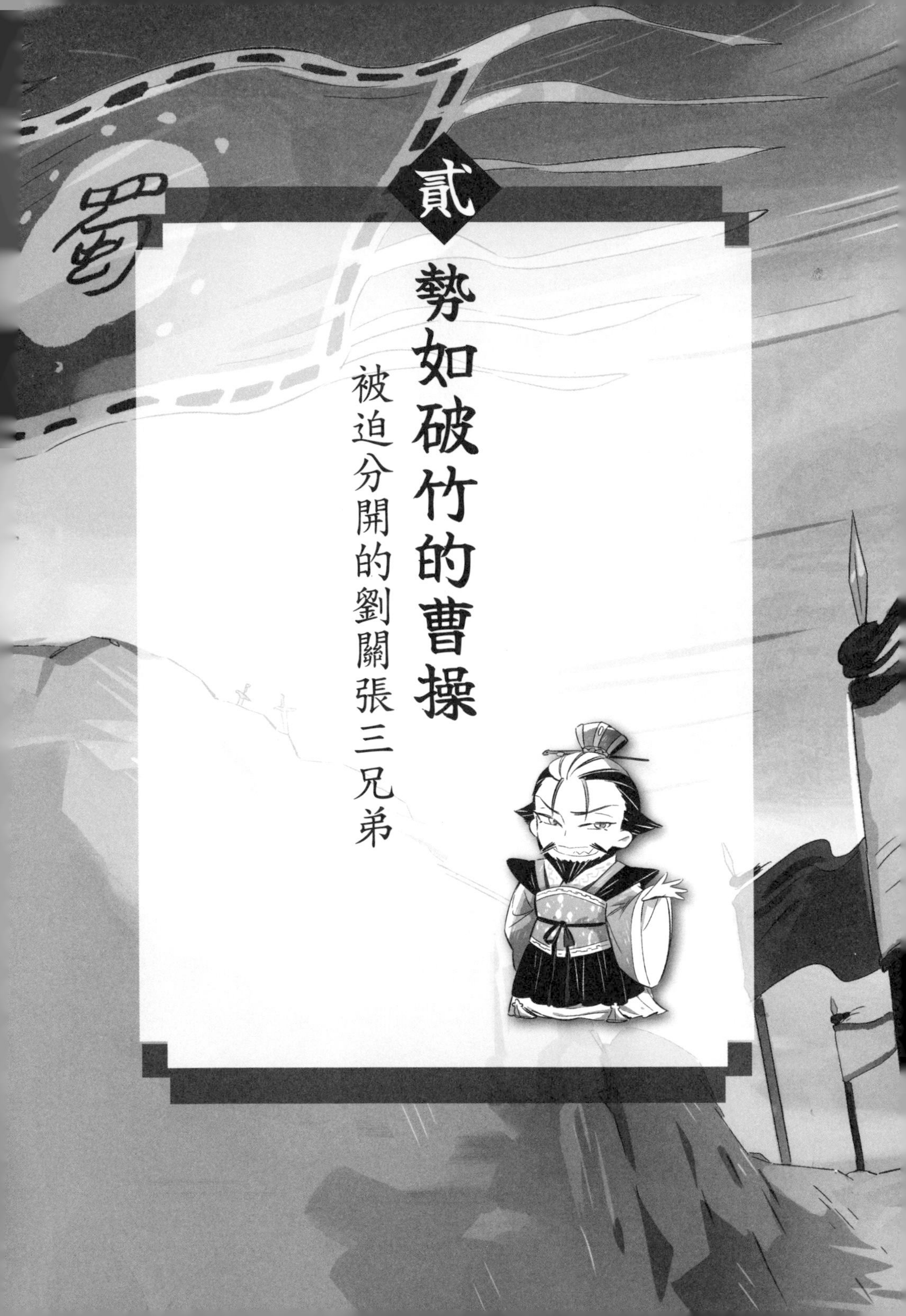

第五章 白馬坡

呂布與曹操、劉備的軍隊都打了不少仗，後來在徐州的白門樓上被曹操殺死。

董卓死後，先前討伐董卓的盟軍也四分五裂，經常互相攻打；其中，曹操的實力最雄厚，勢力也最大。

這會兒，曹操率領二十萬大軍，向劉備把守的徐州城大舉進攻。張飛建議趁「曹兵遠來，必然困乏」的時候，先兵分多路連夜去劫營，劉備認為這個主意很不錯。

當天夜裡，張飛領著輕騎突入曹營，就在自以為得計的時候，赫然發現曹營裡零零落落的根本沒有多少人馬，而且四周緊接著就火光大起，喊聲震天。

「糟糕！」張飛知道自己中計了，急著想要率兵衝出去，但曹操手下的張遼、李典等八名大將，已一起率兵從八個方向朝他衝殺過來，經過一番奮勇作戰，張飛才好不容易殺出一條血路，突圍而出，只有數十騎緊緊跟著他，其餘不是戰死就是投降了。

在去路已斷，並且深恐被曹軍截獲的情況之下，張飛突圍之後只得先往芒碭（ㄉㄤˋ）山而去。

另一路由劉備領軍的兵馬也被曹軍衝散，劉備在走投無路之餘，想起袁紹曾經說過，如果碰到什麼麻煩事，歡迎隨時去青州找他，於是便往北而逃，打算到青州去投奔袁紹。

曹操攻下徐州以後，繼續向下邳（ㄆㄟˊ）城（今江蘇省）進軍。關羽在下邳保護著劉備的家屬，包括兩個嫂嫂，眼看被十幾萬曹軍團團圍住，非常焦急。

曹操非常器重關羽，特別派張遼去勸關羽投降。張遼是關羽的老朋友，見面之後，就拚命勸降。關羽原本斬釘截鐵的表示，自己「雖處絕地，但視死如歸」，寧死也不肯投降，但後來考慮到劉備家屬的安全，決定還是有條件的投降。

關羽開出了三個條件：一、只降漢帝，不降曹操；二、要好好照顧劉備的家屬；三、一旦得知劉備的下落之後，不管是相隔千里萬里，他都要立刻去與劉備會合。

頭兩個條件，曹操都慨然允諾，甚至還笑道：「我是漢相，『漢』就是我，是降我還是降漢，有什麼區別？」惟獨對於第三項，曹操不大樂意，搖著頭說：「一知道劉備消息就要跑，那我還要他做什麼？」

可是張遼說：「劉玄德待關雲長，不過就是恩厚，只要丞相待雲長更好，還怕他不倒向嗎？」

曹操想想張遼說得很有道理，便答應了關羽的條件。

第二天，班師回許昌，關羽請兩位嫂嫂上車，親自護車而行。晚上在館驛安歇的時候，曹操故意想亂其君臣之禮，竟讓關羽和兩位嫂嫂共處一室。關羽就秉燭站在戶外，一夜未睡，第二天早上還毫無倦容。曹操見關羽如此，更加敬服。

到了許昌後，曹操對關羽十分禮遇，但關羽處處所想到的，只是能不能把兩位嫂嫂的生活安排得更好。曹操撥一座府邸給關羽居住，關羽就分一宅為兩院，讓兩位嫂嫂住在內院，還有士兵把守，自己則住在外院；曹操送來十個美女服侍關羽，關羽卻叫她們統統都去服侍嫂嫂；曹操每次設宴，都把關羽奉為上賓，還送他綾羅綢緞、金銀器皿等許多昂貴的禮物，關羽也全部轉送給嫂嫂；此外，關羽還經常去向兩位嫂嫂請安。這些事陸續傳到曹操耳裡之後，曹操對關羽的人品嘆服不已。

又有一次，曹操看關羽的戰袍已經舊了，便命人為關羽量身，做了一件嶄新漂亮的戰袍送給關羽。關羽接受了，但沒想到卻是將新戰袍穿在裡面，外面還是罩著舊戰袍。

曹操笑著問關羽為什麼如此節儉，關羽說，不是他節儉，而是因為那件舊戰袍是劉備送的，穿上就好像和劉備見面似的。

曹操嘆道：「真是一個義士啊！」不過，曹操嘴裡雖然這麼說，心裡卻不大痛快。

還有一天，曹操把從前屬於呂布的赤兔馬送給關羽，關羽再拜稱謝，曹操不太高興的問道：「以前我不斷送你美女和金帛，你都未曾下拜，今天送你一匹馬，你卻高興的如此拜謝，為什麼你把畜生看得比人還要貴重呢？」

關羽回答：「因為我知道這匹馬能夠日行千里，有了這匹馬，只要我一知道兄長的下落，不是馬上就可以去找他了嗎？」

曹操聽了，不覺默然。

張遼代曹操去詢問關羽：「玄德待你，未必有丞相待你好，為什麼你還老是想走呢？」

關羽說：「丞相待我固然很好，但我確實受過兄長厚恩，並發過誓要生死與共，怎麼能輕易背離？」

張遼又問：「玄德現在下落不明，如果他已經死了呢？」

關羽說：「我願追隨他於地下！」

張遼向曹操據實以告，曹操嘆道：「事主不忘其本，真是天下難得的義士啊！」

但因為關羽也曾說過，為報答丞相，就算要走，他也會立了功才走，所以張遼等人便建議曹操，只要別給關羽立功的機會就行了。

不久，劉備和袁紹結集軍隊，派了先鋒大將顏良來攻打白馬坡。

顏良相當厲害，一連斬了曹操手下兩名大將。有一個叫做程昱的人對曹操說：「看來現在只有關羽才能對付得了顏良。」

曹操說：「可是我擔心他一旦立功就要離開了。」

程昱說：「劉備如果還活著，一定會投奔袁紹，今天您若派關羽去破袁紹之兵，袁紹一定會對劉備起疑，也許一氣之下就會殺了劉備，劉備一死，關羽還能到哪裡去？」

曹操一聽，覺得這真是一條妙計，馬上派人去請關羽。

關羽抱著要打聽劉備下落的想法，立刻手提青龍偃月刀，上了赤兔馬，前往應戰，果然一舉斬了顏良的腦袋，稍後又斬了文丑。

當袁紹得知是關羽斬了自己的兩名大將，火冒三丈，果真氣得要殺掉劉備；劉備極力為自己辯護，說曹操一向工於心計，一定是猜到自己目前就在袁紹這兒，才故意派關羽出戰，想藉此分化他和袁紹。袁紹覺得劉備分析得很有道理，才放過了他。

劉備暗暗捏了一把冷汗之餘，也因為得知關羽的消息而高興；他相信關羽一旦知道自己在袁紹這兒，一定會設法來找他的。

第六章　過五關斬六將

現在，關羽知道劉備在河北袁紹那裡了。曹操派張遼來探探關羽的口氣。張遼想用自己與關羽的老交情來留住關羽，便問關羽道：「你與玄德的交情，比起咱們倆的交情，到底怎麼樣呢？」

關羽說：「我與你，是朋友之交；我與玄德，是朋友而兄弟、兄弟而又君臣，這怎麼能夠相提並論？」

關羽並且請張遼轉告曹操，現在既已得知劉備的下落，他要盡快護送兩位嫂嫂去大哥劉備那兒團聚。

關羽也想親自去向曹操辭行，並感謝曹操在這段時間對自己的照顧，但是曹操知道關羽來意，都故意避而不見。一連去了好幾次都見不到曹操，關羽知道這是曹操故意想留住他，可是他要走的心意是很堅決的。

這天，他先寫了一封信，派人送到相府，把他的漢壽亭侯印懸於堂上，並把曹操過去送給他的金銀等貴重物品統統留下來；曹操撥給他的人員僕役，他也沒帶走，只帶了原來的隨從和隨身行李，就護送兩位嫂嫂上了車，然後率領車隊逕自從北門衝了出去。

得知關羽已經離去，曹操的部將中，程昱和蔡陽都主張要把關羽追回來，程昱還說：「如果讓關羽也去投奔袁紹，袁紹不就是如虎添翼了嗎？」

可是曹操說：「我之前曾經答應過他，只要知道了劉備的消息，就讓他去找劉備，現在怎麼可以言而無信呢？」

曹操並且對眾部將說：「雲長這個人啊，錢財不能動搖他的心，爵位也不能改變他的意志，實在是讓我深深的敬佩！而且他不忘故主，來去明白，真是一個大丈夫，我希望你們都應該好好的跟他學學！」

曹操非但不願為難關羽，堅持要放他走，還特別帶著眾部將趕去為關羽送行，並且又送了關羽一件戰袍。

關羽一行來到東嶺關，守關的將領名叫孔秀，問道：「將軍要到哪裡去？」

關羽說：「我辭別了丞相，要到河北去尋兄。」

孔秀說：「河北袁紹，是丞相的對頭，丞相既然讓將軍去河北，想必一定有給將軍通行令書了？」

偏偏關羽因為走得匆忙，忘了向曹操討取令書。孔秀說：「沒有令書，那你們就得先在這裡等著，待我差人向丞相稟報之後，才能放行。」

關羽不肯，說：「那不是要耽誤我們的行程？」

孔秀說：「礙於規定，不得不如此。」

關羽問道：「你真的不讓我過關嗎？」

「要過去也可以，」孔秀說：「但是其他老小得留下，來當作人質。」

關羽大怒，兩人便打了起來。兩馬相交，只一回合，關羽的青龍寶刀手起刀落，孔秀就已經橫屍馬下。

關羽護送著兩位嫂嫂的車隊，繼續往洛陽前進。

臨近洛陽，洛陽太守韓福已經得到關羽硬闖東嶺關的消息，急聚眾將商議。有一個叫做孟坦的守將說：「既然沒有丞相通行令書，就是私行，如果我們不加以阻擋，萬一丞相怪罪下來就糟了。」

太守韓福頗為憂慮的說：「關羽這麼勇猛，像顏良、文丑等名將都被他殺了，我看我們不可能力敵，只能計取。」

他們剛剛商議好一條計策，關羽的車隊就到了。

太守韓福說：「我們奉丞相的命令，鎮守此地，對來往的人都要仔細盤查，小心奸細，如果沒有通行令書，就視為逃竄，我們不能讓你過去。」

關羽怒道：「東嶺孔秀已經被我殺了，你們也想要找死嗎？」

孟坦出馬，掄起雙刀

朝關羽衝過來，但是戰不了三回合，回馬便走；原來他並不是真的想跟關羽打，只是想把關羽引進關內；但沒想到關羽的赤兔馬太快了，早已趕上，一刀就把孟坦劈為兩半。關羽隨即勒馬回來，這時，韓福躲在暗處，傾全力放了一箭，正中關羽左臂！

關羽把劍拔出來，頓時血流不止，但他也不管這些，飛馬就朝韓福衝過去，衝散眾軍，韓福走避不及，關羽手起刀落，把韓福連頭帶肩一刀斬於馬下。

關羽擔心沿途遭人暗算，即使負傷也不敢久留，割下一塊布包紮住箭傷，就連夜率眾朝汜水關而去。

汜水關把關的守將名叫卞喜，擅長使用流星錘當武器；他本來是黃巾軍餘黨，投降曹操之後，被派來守關。卞喜聽說關羽馬上就要到

了，也決定不要和關羽硬碰硬，而是要設計抓他。

卞喜假裝殷勤，對關羽斬了孔秀、韓福和孟坦等守將也表示理解，然後把關羽等人安頓在鎮國寺裡。卞喜的計謀是：趁著在法堂安排筵席為關羽洗塵時，預先在法堂四周埋伏下兩百多個刀斧手，出其不意的發動攻擊。

鎮國寺是漢明帝御前香火院，裡頭有三十幾個僧人，幸好其中有一個名叫普淨的和尚是關羽的同鄉人，雖然並不認識關羽，但因有感於關羽的忠義以及同鄉情誼，所以悄悄將卞喜的詭計洩漏給關羽。因此，當卞喜想要下手的時候，關羽早有防備，大喝一聲：「我還以為你是好人，沒想到你居然想要暗算我！」接著就展開一場大戰，一刀把卞喜劈為兩段。

關羽護送著兩位嫂嫂，繼續朝滎（ㄧㄥˊ）陽（今河南省）前進。

滎陽太守王植，也不敢和關羽硬碰硬，便假惺惺的親迎關羽等一行人入城，還安排他們住在館驛中，說希望他們休息一個晚上再走；實際上，王植暗中指使一個叫做胡班的部將，叫胡班率一千名士兵偷偷圍住館驛，然後在三更時分，一人一把火，一起放火，不問是誰，統統燒死！

胡班領命之後，就按照王植的吩咐，果真集合士兵，並悄悄準備了大量的乾柴，預計在三更時分行動。

不過，胡班因為久聞關羽的大名，很想看看他長得什麼樣子，就小心潛到館驛的前廳。只見關羽左手隨意擺弄著鬍鬚，右手捧著書，在燈下夜讀，看起來氣宇非凡，瀟灑自在。胡班看了，忍不住失聲驚嘆道：「真像是天神一樣啊！」關羽聽到聲響，開門一看，胡班入內拜見之後，便把王植的陰謀透露給關羽。

關羽大驚，急忙請兩位嫂嫂上車，並披掛提刀上馬，火速衝了出去，一路衝到城邊，胡班已下令大開城門。關羽等一行人就這樣急急出了城。走不到幾公里，只見背後火把照耀，王植已率大軍趕來，但王植當然不敵關羽，很快就被關羽給斬了。

關羽繼續前進，來到黃河渡口關隘，又殺了守關大將秦琪。

從離開許昌，一直到這裡，關羽一共闖過了五道關口，斬了六名大將。渡過黃河之後，便是袁紹的地盤。在渡河的時候，關羽默默的嘆道：「我沿路殺人，曹公知道了，一定會以為我是負恩之人，其實我也是不得已啊！」

他又想：「唉，只要能趕快和大哥會合就好了……」

不料，才剛渡過黃河，關羽又得到消息，說劉備已經被迫離開了袁紹，轉往汝南去了。於是關羽只好又率著眾人，前往汝南。

走了好幾天，遙見一座叫做古城的山城，萬萬沒有想到，關羽竟然在此巧遇了張飛！

張飛原本很不諒解關羽，瞪著眼大罵關羽道：「忠臣應該寧死而不辱，大丈夫豈有事二主的道理！你怎麼能如此不講道義，居然背叛兄長，投降曹操！」

幸好甘夫人和糜夫人兩位嫂嫂拚命向張飛解釋，說關羽暫時棲身曹氏，是為了保護她們，一旦得知劉備的下落，就立刻不避險阻護送她們趕來。

張飛這才知道關羽的難處，兄弟倆流著淚訴說著別後種種。

後來，劉備也趕來古城。自徐州一別，分散多時的三兄弟終於又相聚了，而且劉備身邊又新添了趙雲（也就是趙子龍）這名大將。

第七章 官渡大戰

各地軍閥都在擴張地盤，勢力最大的當屬冀州的袁紹和東郡的曹操。

袁紹在北方的勢力十分強大，一直認為曹操是自己的心腹大患。為了消滅曹操，袁紹調動了七十萬大軍，在官渡與曹操展開了大戰。

雙方從八月初一直打到九月底，持續了將近兩個月的時間，曹操的兵力本來就比袁紹要少得多，現在軍中糧草又快要吃完了，急忙派人去送信，要後方趕快送糧。

沒想到送信的人才剛出營門不遠，就被袁軍抓住，催糧書信落在袁紹的謀士許攸的手上。許攸年少時曾與曹操為友，此時卻在袁紹這裡擔任謀士。許攸看完催糧信，馬上去見袁紹獻計道：「曹操屯兵官渡，與我們僵持已久，許昌必然空虛，現在前線又缺乏糧草，我們不妨兵分兩路，同時夜襲曹營和他的後方，一定能夠大敗曹操。」

但是袁紹說：「曹操向來詭計多端，這封信一定是假的，一定是一條誘敵之計。」

正在談論的時候，忽然有一個使者從鄴（ㄧㄝˋ）郡（今河南安陽）過來，送來一封信，信上誣告許攸在冀州的時候濫收財物。袁紹看完信，不分青紅皂白就大罵許攸道：「哼！你本來就是曹操的老朋友，現在又濫收財物，你在我這裡一定不安好心，恐怕只是想當奸細吧！我本來應該把你斬首，現在暫時讓你的腦袋還寄放在你的頸子上，還不快滾！以後我再也不要看到你！」

許攸出來之後，仰天長嘆道：「唉，忠言逆耳，簡直是不可理喻！」

悲憤之下，許攸正想拔劍自刎，跟隨的侍者奪下他的劍，好心相勸道：「你何必輕生呢！袁紹不聽你的話，將來一定會被曹操所敗，你既然與曹操有老朋友的交情，何不乾脆趁現在就棄暗投明？」

這幾句話點醒了許攸，當天夜裡就向曹操奔去。

曹操當時正準備就寢，聽說許攸來了，連鞋都來不及穿，就光著腳興匆匆的跑出去迎接，讓許攸的心裡十分感動。曹操拉著許攸的手一走進營房，就先向許攸下拜，許攸慌忙把曹操扶起來說：「您是漢相，我只是一個普通老百姓，您怎麼能這麼客氣呢！」

曹操說：「你是我的老朋友，我怎麼敢在你面前擺出什麼丞相的架子？」

許攸又說：「我屈身袁紹，無奈他對我言不聽、計不從，所以我才來投奔你這老朋友，還望你收留。」

曹操笑道：「那當然！你肯來我這裡，我就不怕了，希望你教教我該如何大破袁紹吧！」

「我今天還教袁紹首尾相攻，同時夜襲你的軍營和許昌呢，結果他不聽。」

曹操大驚道：「幸好他不聽，如果他真的採用了你這個計策，我就完了！」

「你現在的軍糧還有多少？」

「還足夠應付一年。」

許攸笑道：「是嗎？恐怕沒那麼多吧！」

曹操遂改口道：「半年是絕對足夠的。」

許攸一聽，拂袖而起，做出要走出去的樣子說：「我以誠相投，沒想到你竟如此不坦誠，我還是走了算了。」

曹操趕緊挽留道：「兄臺別生氣，好，我老實說吧，軍糧實際上只能應付三個月了。」

許攸笑了，「難怪世人都說你是『奸雄』，果然是名不虛傳！」

曹操也笑道：「兵不厭詐嘛！」隨即附耳低聲對許攸說：「這回我真的老實說了，軍糧其實僅剩下這個月的分了。」

「你還要騙我！」許攸大聲說：「軍糧根本就沒了！」

曹操愕然，「你怎麼知道？」

許攸從懷中掏出一封信，遞給曹操，「這封催糧信是誰寫的？」

曹操接過一看，發現是自己的親筆信，驚問道：「這封信怎麼會在你這裡？」

許攸便把事情的經過告訴了曹操。曹操聽罷，握著許攸的手，誠懇萬分的說：「你既然念在舊日交情來找我，就請你幫我想想辦法吧！」

許攸便向曹操獻計：袁紹的軍糧都屯積在烏巢，負責看守的將領叫做淳于瓊，此人嗜酒，防守散漫，現在不妨派士兵冒充是袁紹的手下，去燒掉袁紹在烏巢的軍糧，到時袁紹那邊一定會軍心大亂，自亂陣腳。

曹操覺得許攸這個計謀相當高明，便親自挑選了精兵五千，準備行動。雖然張達等人對許攸有些疑慮，擔心有詐，但是曹操經過一番審慎評估，仍然認為「許攸此來，是天敗袁紹」，竭力穩定軍心。此外，曹操在親自統領五千精兵前往烏巢的同時，也留下很多大將防守軍營，慎防袁紹乘虛來襲。

他們在黃昏時分朝烏巢前進，每個人都穿著袁軍的服裝，打著袁軍的旗幟。當天晚上，星光滿天。他們沿途遇到很多關卡盤問，都詐稱是奉命去保護烏巢的軍糧，一路上通行無阻，順利在後半夜趕到了烏巢，幾把火就燒了堆積如山的軍糧！

烏巢守將淳于瓊果然早已醉得不醒人事，迷迷糊糊剛要起床，就被曹軍活捉。曹操下令割掉淳于瓊的耳鼻和手指，然後把他放回袁紹那兒，意思是想要羞辱袁紹。

袁紹得知烏巢軍糧被燒，氣急敗壞的立刻派人前去搶救；此外，他又想到，曹操既然領軍去了烏巢，大營一定空虛，遂又派了大將即刻趕去劫營。萬萬沒想到曹營早有防備，混戰到天明，袁軍被殺得落花流水，大敗而回，而先前袁紹派去救援烏巢的援兵，也同樣被殺得潰不成軍。

袁紹損兵折將，又盡失在烏巢的軍糧，只得倉皇而逃。

官渡一戰，曹操以寡擊眾，結果卻是以少勝多，消滅了北方最強的勢力，基本上統一了北方。

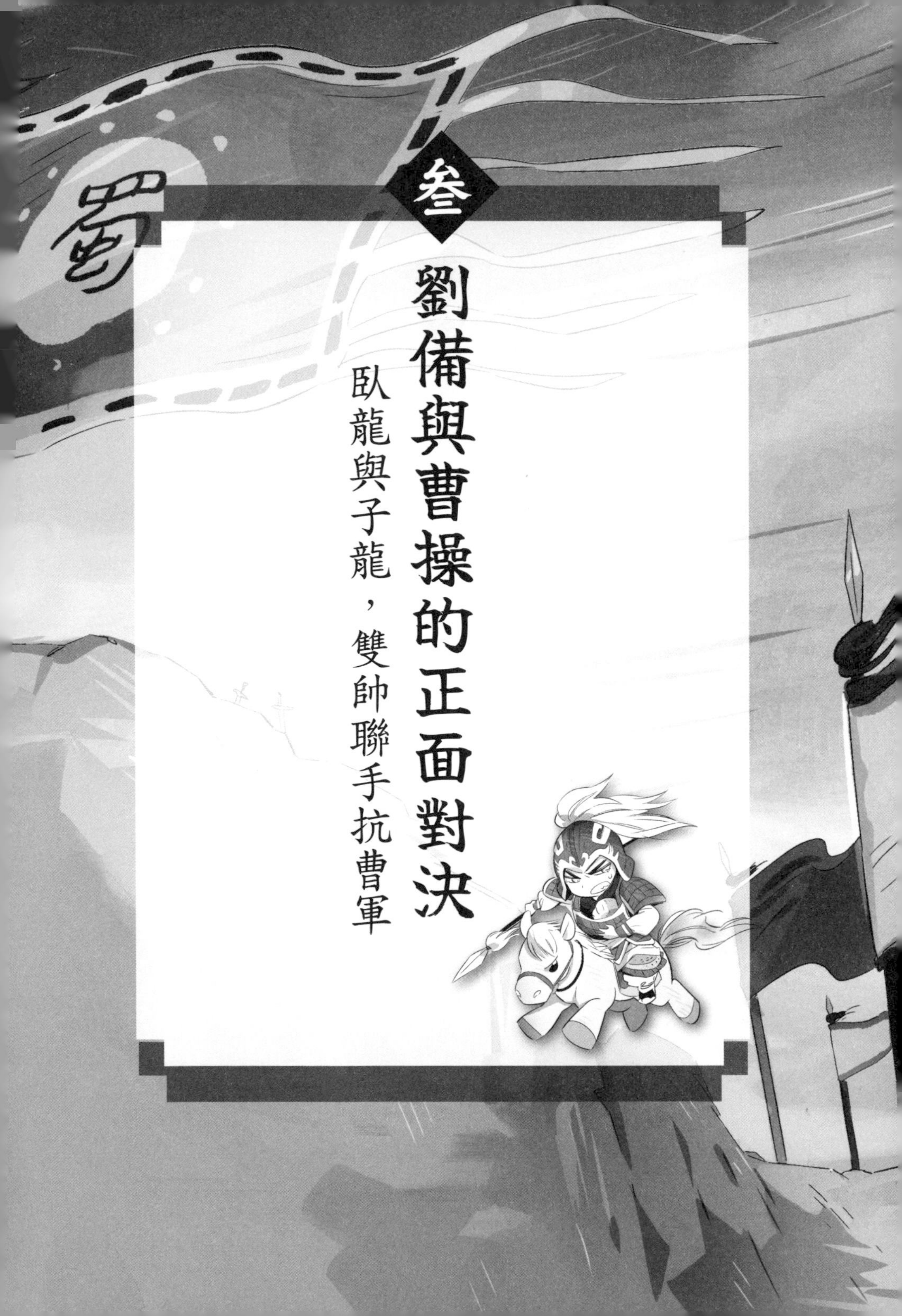

叄

劉備與曹操的正面對決

臥龍與子龍，雙帥聯手抗曹軍

第八章　三顧茅廬

劉備求才若渴，有一個名叫徐庶的人鄭重向他推薦，不妨去找襄陽隆中臥龍岡的奇才諸葛亮。

過去徐庶曾經獻計讓劉備打敗過曹操幾次，讓曹操頗為頭疼；當時曹操就已經嘆道：「為什麼天下賢士都盡歸於劉備呢？現在我不能再小看劉備了。」由於徐庶是一個孝子，曹操便派人把他的老母親接到許昌，再以此逼徐庶也到許昌來。徐庶雖然明知是計，還是心亂如麻，不得不去許昌。臨行前，徐庶一方面流著淚向劉備發誓，自己就算被迫去曹操那兒，但終身絕不為曹操效力；另一方面也特別告訴劉備，就在襄陽城外大約二十里一個叫做「隆中」的地方，有一位奇才諸葛亮，建議劉備不妨去請他來幫忙。徐庶還說，諸葛亮此人的品格相當高潔，劉備恐怕得親自去請他出山。

劉備問道：「這人的才德和您比起來怎麼樣？」

「我怎麼能跟他比？」徐庶說：「我若和他比，就好比是劣馬和麒麟比，烏鴉和鳳凰比！此人有經天緯地之才，實在是天下第一奇才，您若能夠得到他的輔佐，還怕天下不定嗎？」

徐庶告訴劉備，諸葛亮字孔明，因為所住的地方叫做臥龍岡，所以自號為「臥龍先生」，是漢司隸校尉諸葛豐的後代；徐庶一再強調，如果劉備能得到諸葛亮相助，就好比從前周文王得到姜子牙，漢高祖得到張良一樣！

第二天，劉備立刻由關羽和張飛陪同，來到隆中臥龍岡諸葛亮所住的茅廬前。劉備下馬親叩柴門。

一個小童出來應門。玄德說：「漢左將軍宜城亭侯領豫州牧皇叔劉備，特來拜見先生。」

小童說：「你的名字太長了，我記不住。」

「那就說是劉備來訪吧！」

「先生今天早上出去了。」

「到哪裡去？」

「不知道，先生向來蹤跡不定的。」

「那——什麼時候會回來？」

「也不清楚，或者三五天，或者十幾天。」

劉備惆悵不已，本來想再等等，後來在關羽和張飛的勸說下，才暫時無奈的離去。

三人回到新野。過了幾天，劉備派人前去打聽，得知臥龍先生已經回來了，便高高興興的叫人準備馬匹，準備再度去拜訪諸葛亮。

張飛不以為然道：「一個小小村夫，何必勞駕大哥親自去請，派人去叫一下不就得了？」

劉備斥責道：「孔明是當世大賢，怎麼能隨隨便便的叫他來？」說完就上馬出發，關羽和張飛亦騎馬相隨。

時值隆冬，天氣嚴寒。走了幾里路，張飛又嘀咕道：「天寒地凍，連仗都不用打，居然還要大老遠跑來見一個無益之人，不如趕快回新野去避避風雪吧！」

劉備說：「這樣正能顯示出我的誠意啊！賢弟如果怕冷，就先回去吧。」

張飛說：「笑話！我張飛連死都不怕，怎麼會怕冷！我只是覺得大哥太辛苦了。」

「別多說了，只管跟著我就是。」

三人來到諸葛亮的茅廬前，劉備下馬親扣柴門，恭恭敬敬的問道：「先生今天在家嗎？」

小童回答：「在，正在堂上讀書呢。」

劉備大喜，遂跟著小童進去。來到中門，只見門上有一幅對聯「淡泊以明志，寧靜以致遠」。劉備正在玩味，忽然聽到琅琅的讀書聲。劉備站在門側悄悄往裡頭偷看，看到草堂之上，有一個少年正在讀書。

劉備耐心的等候著，等到讀書聲停了，這才走進草堂，向前施禮道：「久慕先生大名，前次來拜訪的時候不巧沒見到您，今天特地冒著風雪而來，總算見到面，實在是太高興了！」

不料，那少年慌忙答禮道：「您是要見家兄吧？」

劉備一愣：「先生不是『臥龍先生』嗎？」

「不，我不是，我是臥龍先生的弟弟諸葛均。我們愚兄弟三人，長兄諸葛謹，現在江東孫仲謀處為幕賓；孔明是我的二哥。」

「那臥龍先生今天在家嗎？」

「他不在，昨天有朋友相約，閒遊去了。」

「到哪裡去閒遊呢？」

「不清楚。或駕小舟遊於江湖之中，或訪僧道於山嶺之上，或尋朋友於村落之間，或樂琴棋於洞府之內，往來莫測，不知所蹤。」

劉備好失望，「唉，我真是沒有福氣啊！居然來拜訪了兩次，都沒遇到大賢！」

張飛在旁不耐的催促道：「不在就算了，風雪要緊，還是早點兒回去吧！」

在張飛和關羽的一再催促下，劉備只好先寫了一封情意懇切的信留給諸葛亮，信中表示一定會再來拜訪，然後才依依不捨的離開。

時間過得很快，轉眼又到了新春。劉備又想去拜訪諸葛亮，為免第三次撲空，這回他先叫人卜卦選了一個良辰吉日，並且自己先齋戒

三日，薰沐更衣，這才準備前往臥龍岡。見劉備如此隆重，關羽和張飛都很不以為然，一起勸諫劉備。

關羽說：「大哥都親自去拜訪過他兩次，實在是太多禮了，想來一定是因為諸葛亮沒有真才實學，只不過是浪得虛名，所以才故意避而不見。」

劉備說：「話不是這麼說，諸葛亮是當世大賢，哪有那麼容易就見得到？」

「算了吧！小小村夫，哪算得了是什麼大賢啊！」張飛說：「今天不需要再勞駕大哥去，我去叫他來就可以了，他如果不肯來，我就用一條繩子把他綁來！」

「胡鬧！」劉備叱責道：「從前周文王去請姜子牙出山，不是也要經過一番周折嗎？文王尚且如此敬賢，我們怎麼可以太過無禮！你不要去了，我和雲長去就可以了。」

張飛嘟囔道：「既然兩位哥哥都去，我怎麼可以落後？我去就是了。」

劉備又嚴肅的叮嚀道：「去的話千萬不可無禮。」

於是，三人第三度一起騎馬前往隆中。為了表示對諸葛亮的敬意，離諸葛亮的草廬還有半里遠左右，玄德就已開始下馬步行。

這一次，諸葛亮終於在家了，但小童說諸葛亮正在睡午覺。

劉備說：「既然如此，就先不要通報了。」

他吩咐關羽和張飛在門口等著，自己輕輕的走進去，見諸葛亮仰臥在床上，便拱著手恭恭敬敬的站在臺階下。等了好一會兒，諸葛亮

還沒醒。

關羽和張飛在外面站了好久，看沒有動靜，走進一看，赫然看見劉備像「隨侍在側」一般的站在那兒，張飛不禁勃然大怒，對關羽說：「這傢伙實在是太傲慢了！竟然讓大哥侍立階下，他自己還高臥不起，等我去屋後放一把火，看他還起不起來！」

關羽再三把張飛勸住。劉備對兩人說：「你們還是到外面去等吧。」

朝堂上望過去，孔明翻了一個身，好像就要醒了，不料忽然又把身子轉過去，背對著裡面又睡了。

小童正想上前通報，劉備阻止道：「不急，不必

驚動先生。」

劉備就這樣又站了一個時辰，孔明才終於睡醒了，一覺醒來，就吟了一首詩：

大夢誰先覺？平生我自知。

草堂春睡足，窗外日遲遲。

吟罷詩，孔明翻身問小童道：「有俗客來訪嗎？」

小童說：「劉皇叔已經在此等候多時啦。」

乍一見面，劉備見諸葛亮身長八尺，面如冠玉，頭戴綸巾，飄飄然頗有神仙的模樣，急忙下拜道：「久聞先生大名，一直不得一見，今天終於見到您了！」

劉備迫不及待的向諸葛亮求教，請諸葛亮指點該如何解脫自己當前的困境，復興漢朝。

諸葛亮被劉備三顧茅廬的舉動所感動，也被劉備「大丈夫抱經世奇才，豈可空老於林泉之下？」等一番話所打動，遂敞開胸懷，與劉備大談天下大事，還拿出一幅地圖，對劉備詳細分析全國的形勢。

諸葛亮說，自董卓造反以來，天下豪傑並起，現在北方的曹操已擁百萬之眾，挾天子以令諸侯，可謂占盡天時，南方的孫權可謂占盡地利，而劉備可占人和；諸葛亮建議劉備先取荊州為家，後即取西川建基業，以威鼎足之勢，然後可圖中原。

劉備聽了，大為佩服，但也頗有顧慮道：「聽了先生之言，讓我茅塞頓開，撥雲見日，只是——荊州劉表、益州劉璋，也都是漢室宗親，我怎麼忍心去搶他們的地盤呢？」

孔明說：「這個您放心，我夜觀天象，知道劉表不久於人世，劉璋也非立業之主，將來荊州一定會是您的。」

劉備聽了，再三拜謝。

只這一席話，就已充分顯示出，孔明還沒有離開茅廬，就已預見日後將三分天下，的確是天下第一奇才啊！

第九章 初出茅廬

劉備自三顧茅廬請來諸葛亮之後，總是以老師的禮節來對待他，關羽和張飛都頗不服氣的說：「孔明年紀輕輕的，到底有多大的本事？大哥實在是太過敬重他了。」

劉備說：「我得到孔明，就好像是魚得到了水一樣，你們不要再多說了。」關羽和張飛聽了，都不大高興。

這天，劉備忽然得到消息，說曹操派大將夏侯惇率十萬大軍，殺奔新野而來。

張飛對關羽說：「這回讓孔明去迎敵就可以啦！」

正說著，劉備把他們召進來，問他們大軍將至，該如何迎敵？張飛說：「大哥何不派那個『水』去啊？」

劉備說：「智賴孔明，勇仍賴兩位賢弟，你們何必推託呢？」

關羽和張飛出去以後，劉備又把孔明請進來商議。孔明說：「恐怕關、張二人不肯聽我的調度指揮。」於是便向劉備借來劍印。有了劍印，任何人都不得不聽令，否則違令者斬。

孔明把所有將領統統聚集起來，一一發號施令。調度完畢，關羽問孔明道：「我們都出去迎敵了，不知道軍師要做什麼呢？」

孔明說：「我只坐守縣城。」

張飛大笑道：「我們都出去迎敵廝殺，你卻只坐在家裡，好自在啊！」

劉備趕緊幫孔明說話：「難道你們沒聽過『運籌帷幄之中，決勝千里之外』嗎？就照先生吩咐的去做吧！」

張飛冷笑而去，眾將也都一一領命而出。在這個時候，眾將都還不知道孔明韜略，也還不太清楚孔明此番調度的通盤考量，所以雖然領了號令，包括劉備在內，也都還有些疑惑不定。

關羽對張飛說：「我們先看看他的計策靈不靈，如果不靈，再找他問罪也不遲。」

時值秋天，風勢挺大。不久，夏侯惇率軍已來到博望，前面不遠處便是博望坡，後面是羅口川。

趙雲率了一隊士兵前來準備應戰，夏侯惇看趙雲人馬不多，笑著對手下說：「人家都說諸葛亮是天人，看看他這種用兵，簡直就是派犬羊來和虎豹鬥嘛！我出發之前向丞相保證，一定要活捉劉備和諸葛亮，看來今天就可以辦到了。」

說完便縱馬向前，對著趙雲罵道：「哼，你們追隨劉備，就像孤魂追隨野鬼，能有什麼搞頭？」

趙雲大怒，縱馬來戰。兩馬相交，不到幾回合，趙雲就詐敗而走，夏侯惇從後面追趕。趙雲跑了十幾里之後，回馬又戰，但是戰不了幾回合又走。

夏侯惇的部將上前提醒道：「趙雲誘敵，恐怕會有埋伏。」

夏侯惇說：「這樣的敵軍，就算是十面埋伏也不怕！」

遂繼續追趕，一直追到博望坡。忽然一聲炮響，玄德領一小撮士兵衝殺過來，接應交戰。

夏侯惇大笑：「這就是伏兵？今天我如果不殺到新野，踏平新野，誓不罷休！」

夏侯惇催兵前進，玄德和趙雲似乎不敵，節節後退。

這時天色已晚，濃雲密布，又沒有月色，夜風愈颳愈大。夏侯惇只顧催軍趕殺，不知不覺追到一個狹窄的地方，兩邊都是蘆葦，他的部將又急急忙忙衝上來提醒，說南道路狹，山川相逼，樹木叢雜，萬一敵人火攻可怎麼辦？

夏侯惇這才猛然醒悟，急急下令趕緊停下來，不要再前進。然而，話才剛說完，就聽見背後喊聲四起，回頭一看，只見一片火光，才一剎那兩邊蘆葦也都著火了，緊接著四面八方全都是火！偏偏風大，火勢更加一發不可收拾！

趙雲英勇的乘機回軍趕殺，與曹軍展開一場惡戰，曹軍人馬陣腳大亂，甚至自相踐踏，死傷不計其數；一直戰到天明，曹軍被殺得屍橫遍野、血流成河，夏侯惇只得匆匆收拾殘軍，狼狽的逃回許昌去了。

孔明的計策果然奏效，這是他初出茅廬所立下的第一件功勞，所有將領，特別是關羽和張飛，都對他佩服得五體投地。

但是孔明並不自滿，他告訴劉備：「夏侯惇雖然敗去，但曹操一定會再率大軍前來。」所以他已經積極在為下一戰做準備了。

果然，曹操很快就傳令要發動五十萬大軍，分為五隊，朝新野殺來。

四方豪傑，曹操所顧慮的只有劉備和孫權，其餘的他都不放在心上，因此，曹操此舉也是想乘機掃平江南。

太中大夫孔融向曹操勸諫道：「劉備和劉表都是漢室宗親，不可輕伐；孫權虎踞六郡，且有大江之險，也不易取。今天丞相要興此無義之師，恐怕會令天下人失望！」

曹操大怒道：「劉表、劉備和孫權都是亂臣賊子，怎能不討！」

遂斥退孔融，並下令：「如有再諫者必斬！」

孔融出了相府，忍不住仰天長嘆：「以『至不仁』伐『至仁』，怎麼會成功呢？」

不料這話被孔融的一個死對頭聽到了，就去向曹操告密，曹操非常生氣，馬上下令把孔融抓起來。

孔融有兩個兒子，都還年幼，當好心人匆匆跑到他們家報信時，兄弟倆正在下棋。左右著急的說：「令尊都已經被抓，馬上就要被斬首，你們還不快逃？」兩個孩子鎮定的說：「鳥巢都翻覆了，裡頭的蛋還能存活嗎？」說完就繼續下棋。不久，孔融一家老小就全部都被抓了起來，斬首示眾。

曹操隨後傳令五隊軍馬起程，向新野進軍。

第一路十萬人馬，由曹仁和曹洪率領。經過一天的追殺，終於在天黑的時候來到新野，沒想到四個城門大開，裡頭空無一人，原來新野已是一座空城。

曹洪說：「一定是劉備他們勢孤計窮，帶著全城百姓倉促逃走了，今晚我們不妨先在此安歇，明天再追。」

士兵們又餓又累，紛紛搶著去生火煮飯。曹仁和曹洪就在衙內休息。初更過後，狂風大作，守門軍士慌張來報：「起火了！」曹仁還說：「一定是軍士燒飯時不小心引起的小火，不必驚慌——」

話還沒講完，接連又來了幾次飛報，說西門、南門和北門都起火了，曹仁這才知道情況不對勁，急令眾將上馬。剎那間，滿城火光四起，上下通紅，火勢之大，比日前在博望坡的大火還要厲害。

曹仁帶領眾將見多處突然冒煙起火，便尋路奔走，聽說東門沒有火，就急急奔出東門，混亂之間，軍士互相踐踏，死傷無數，剛跑出東門，就見趙雲帶兵殺來，但曹仁無心戀戰，轉身就跑。

到了四更時分，曹軍人馬困乏，軍士大多焦頭爛額，好不容易奔到白河邊，看到河水不深，紛紛下馬洗臉喝水，一時之間，只聽見人聲鼎沸，馬群嘶鳴。

其實，白河的水並非真的不深，而是關羽早聽孔明的吩咐，在上游先叫軍士準備了很多布袋，裡頭裝滿沙土，堆在河中，遏阻了河水；這時，關羽聽見下游人語馬嘶，急令軍士趕緊把布袋統統拿起來，頓時，水勢滔天，一股腦兒的朝下游沖過去，曹軍閃躲不及，好多軍士就這樣被突如其來的大水給淹死了。

第十章 趙子龍單騎救主

曹仁收拾殘軍，駐紮在新野，曹洪則回去見曹操，報告出兵失利的事。

曹操大怒道：「諸葛村夫，什麼東西！居然敢這樣對付我！」遂親自率領幾十萬大軍，攻勢凌厲的向劉備陣營進攻，劉備抵擋不住，只能撤退。但曹操不甘心，繼續揮軍殺向荊州，一定要與劉備決一死戰。

這時，荊州太守劉表已經病死，次子劉琮（ㄘㄨㄥˊ），年僅十四歲剛剛即位不久，由於擔心在江夏的哥哥劉琦、以及在新野的叔父劉備會對他不利，乾脆派人偷偷向曹操獻上一份降書，將荊、襄九郡，統統獻給曹操。

劉備撤出新野之後到了樊城，他在樊城一方面要防禦曹操，另一方面還掛念著荊州情勢的變化，種種內憂外患都使他坐立不安、焦急萬分。

後來，劉備又被迫放棄了樊城，向江陵進發。曹操人多馬壯，緊緊追趕著劉備的軍隊，追得劉備幾乎喘不過氣來，一路撤退。

這天黃昏，劉備等人來到離當陽縣不遠一個叫做「景山」的地方，停下來休息。時值秋末冬初，涼風透骨。到了四更時分，忽然聽見從西北方傳來震天的喊殺聲，曹軍已經追趕過來了！

劉備大驚，急急上馬率領本部精兵兩千餘人勇敢迎敵。轉眼曹軍就已殺至，銳不可擋。劉備決心死戰，正在危急的時候，幸好張飛率領部分援軍及時趕到，殺開一條血路，然後且戰且走，護著劉備往東逃去。

一直奔到天明，喊殺聲漸漸遠去，他們這才歇馬，看看手下隨行人，只剩下百餘騎，趙雲、糜竺、糜芳、簡雍等一干將領都不知去向。

劉備不禁大哭道：「十數萬生靈百姓，都因信任我、跟隨我，一再遷徙，沒想到卻遭此大難，諸將及老小也生死未卜，就算是土木之人，面對這樣的局面，能不悲痛嗎？」

正在傷心痛哭的時候，忽然看見糜芳身中數箭，踉蹌而來，並且

說：「趙子龍反投曹操去了！」

「胡說！」劉備立刻斥道：「子龍怎麼會做這種事！」

張飛說：「也許他是看我們勢窮力盡，所以反投曹操，以圖富貴。」

劉備說：「不會的，子龍從我於患難，心如鐵石，不是富貴所能動搖的。」

「可是——」糜芳說：「我親眼見他往西北方向折回去了呀！」

張飛非常生氣，「讓我現在就親自去找他，如果找到了，證實他的確打算要反投曹操，我就一槍刺死他！」

劉備說：「你們不要胡亂疑心，難道你們忘了上回雲長的事了嗎？我相信子龍絕不會棄我而去，他往回走一定有他的道理。」

但張飛還是非常存疑，帶了二十餘騎，來到長坂橋，不斷的向西張望。

話說原來在朝江陵進發的時候，大夥兒分配任務是——關羽和孔明分別去討救兵，張飛斷後，趙雲則負責保護劉備的家眷。然而，趙雲自四更時分始與曹軍廝殺，往來衝突，一直戰至天明，才發現既找不到劉備等人（**因為劉備被張飛護走了**），也找不到劉備的家眷。

趙子龍暗忖道：「主公將甘、糜二夫人與小主人阿斗，都託付在我身上，現在我把他們都弄丟了，還有什麼臉去見主公？不如趕快折回去尋找，好歹總要知道主母與小主人的下落。」

遂拍馬往回走，焦急的在亂軍中尋覓，回顧左右，只有三、四十騎緊緊追隨著他。

找了好一會兒，趙子龍找到了受傷的簡雍。

趙子龍急忙問道：「你看見兩位主母了嗎？」

簡雍回答：「她們棄了車隊，抱著阿斗逃走了，我飛馬趕去，想要保護她們，卻被曹軍一槍刺下馬來。」

趙子龍撥了一匹馬給簡雍，派了兩個士兵護送簡雍先去找劉備，並吩咐士兵先向劉備報告：「我上天下地，一定要找到主母與小主人，否則就寧願死在沙場上！」

說罷，就拍馬繼續尋找。不久，有人告訴他，曾經見到甘夫人，披著頭髮光著腳，和一群百姓往南逃去。趙子龍急急縱馬往南奔馳，果然看到一群難民，男男女女大約數百人，哭哭啼啼的相攙而走。

趙子龍大叫道：「甘夫人在這裡嗎？」

甘夫人在後面看到趙子龍，放聲大哭。趙子龍趕緊下馬，救起甘夫人，並詢問糜夫人和小阿斗的下落。

甘夫人說她與糜夫人被追趕，只得棄了車隊，雜於百姓之間步行，不料又被一支曹軍衝散，她也不知道糜夫人和小阿斗現在在哪裡，她是獨自逃生到這裡來的。

正在說話，附近百姓忽然又慌亂起來，原來是又有支曹軍衝過來了。趙子龍撥槍上馬，只見前面馬上綁了一個人，仔細一看，竟是糜竺，後面跟著一個手提大刀的將領，是曹仁的部將淳于導。趙子龍明白一定是淳于導抓到了糜竺，現在正要去領賞，遂大喝一聲，挺槍縱馬，直取淳于導。

淳于導不敵，被趙子龍一槍刺落馬下。

趙子龍救了糜竺，還奪得曹軍的兩匹馬；他讓糜竺保護甘夫人先走，自己繼續往回走，要去尋找糜夫人和小主人。

途中，他又與一支由夏侯恩率領的曹軍遭遇，一番廝殺之後，雖然他殺了夏侯恩，但他的隨從也都紛紛戰死，現在，只剩下他一個人了。

不過，即使是單槍匹馬，趙子龍仍不死心的一路尋找，逢人就問有沒有見到糜夫人和小主人。終於，有人告訴他，糜夫人受了傷，正抱著孩子坐在前面一處斷牆的缺口處。

趙子龍急急趕過去，果然看到一戶人家，土牆都被戰火燒壞了，糜夫人則抱著阿斗坐在牆下枯井旁，無助的啼哭。

趙子龍急忙下馬伏地而拜。糜夫人哭著說：「見到將軍，阿斗有救了！希望將軍可憐他父親飄蕩半世，就這麼一個親骨肉，請將軍護送這孩子去見他父親，我就死而無憾了。」

趙子龍說：「夫人受難，都是我的罪過，現在不必再多說了，請夫人趕緊上馬，子龍步行死戰，一定要保護夫人殺出重圍。」

「不行！將軍豈可無馬？我已身受重傷，將軍絕不能受我的拖累，還是趕緊抱著阿斗走吧！」

喊殺聲已愈來愈近，趙子龍再三請糜夫人上馬，糜夫人都不肯，趙子龍焦急的厲聲道：

「夫人為什麼不肯聽我的話？追兵就快要到了啊！」糜夫人不答話，卻突然把小阿斗放在地上，翻身投入枯井中自盡！

趙子龍大吃一驚，見夫人已死，擔心曹軍盜屍，只得含著淚把土牆推倒，掩蓋住枯井，接著便解開自己身上的勒甲條（ㄊㄠ），放下掩心鏡，把阿斗抱護在懷，然後提槍上

馬。這時，曹軍已至，趙子龍一路奮勇突圍，一連殺了曹營十多名將領。

正在景山頂上督戰的曹操，見到趙子龍如此勇猛，所到之處，威不可擋，忍不住大嘆一聲：「真是一名虎將啊！」

曹操起了愛才之心，遂令飛馬傳報各處，和趙子龍對戰時，只准活捉，不許放冷箭。這無意中幫了趙子龍的大忙，使得他終於殺出重圍，好不容易來到了長坂橋。

當趙子龍來到橋邊的時候，已是人馬困乏，見到張飛挺矛立馬於橋上，立刻大呼道：「翼德快來救我！」

張飛說：「子龍，你快走，趕快過橋，追兵我來擋！」

趙子龍遂縱馬過橋，行了二十餘里，總算見到了劉備等人，立刻下馬伏地而泣，報告了事情的經過。解開懷抱，小阿斗還正熟睡未醒呢。不料，劉備一接過小阿斗，竟大罵道：「為了你，害我差一點就損失了一名大將！」

話剛說完，居然就把小阿斗丟到了地上！

趙子龍的心裡說不出有多感動，他上前抱起小阿斗，激動的泣拜道：「承蒙主公如此看重，子龍今後就算肝腦塗地，也無以為報啊！」

第十一章　張飛喝退曹軍

趙子龍縱馬過了長坂橋之後不久，曹軍就追來了。

帶領的將領叫做文聘，他看張飛倒豎虎鬚，圓睜環眼，手持丈八蛇矛，立馬橋上，看來威風八面；又見橋東林中塵土飛揚，擔心裡頭不知道埋伏了多少人馬，所以便勒住馬，不敢向前靠近。

原來，這回張飛粗中有細，叫好些騎兵在馬尾巴上拴了樹枝，拖在地上，然後在林中來回奔跑，製造出大量的塵土來虛張聲勢，想讓曹軍誤以為他們在林中還有很多人馬。這一招顯然還挺管用的。

過了一會兒，曹仁、李典、張遼、許褚（ㄔㄨˇ）、夏侯惇、夏侯淵等諸多將領都趕來了，看到張飛怒目橫矛，立馬於橋上，也都擔心會不會又是諸葛亮的什麼詭計，都不敢向前，只得紛紛站住，一字兒排開，然後派人飛報曹操。

曹操得到消息，急急上馬，從陣後趕上來。張飛隱隱看到曹軍陣中一簇人馬擁著青羅傘蓋來到，猜想傘下的人一定是曹操。

「一定是曹操心疑，親自來看了。」張飛暗忖，於是厲聲大喝道：「我是張飛！誰敢和我決一死戰？」

聲如巨雷，曹軍將士們聽了，人人都為之膽寒。曹操急令去掉傘蓋，吩咐左右：「我曾聽關雲長說過，張飛若想在百萬軍中取上將的腦袋，就像是探囊取物般容易，今天碰到他，大家千萬不可輕敵！」

曹操話剛說完，張飛又睜目怒喝道：「我是張飛！誰敢來決一死戰？」曹操看張飛這種「一夫當關，萬夫莫敵」的氣概，生了退兵的念頭，但一時還拿不定主意。張飛看曹操後軍陣腳已有些移動，遂挺矛又大喝道：「你們戰又不戰、退又不退，到底是什麼意思？」

這一聲更加石破天驚，喊聲還沒完全靜止，曹操身邊一個叫做夏侯杰的將領，已經嚇得肝膽碎裂，硬生生的從馬上摔了下來。

曹操回馬就走，諸將領見狀，也紛紛一起朝西邊而逃，一時之間，人如潮湧、馬似山崩，棄槍落盔、自相踐踏者不計其數！

曹操懼張飛之威，縱馬狂奔，頭上的冠簪在慌亂間統統都落了下來。張遼和許褚在後面拚命追趕，追了好一會兒，才總算追到披頭散髮、倉皇失措的曹操。

張遼說：「丞相不要驚慌，料張飛只不過是一個人，有什麼好怕的？我們現在就趕快回軍殺回去！」曹操這才神色稍定，便命張遼和許褚再到長坂橋去打聽消息。

而張飛那兒，見曹軍一擁而退，不敢追趕，只趕快把在林中的二十餘騎叫回來，並且下令火速將長坂橋拆掉。

張飛回馬來見劉備，把方才喝退曹軍的事詳細的說了，並提到拆橋的事。劉備說：「三弟勇敢是很勇敢，可惜那橋實在不該拆。」

「為什麼？」張飛不解。

「曹操多謀，看到你把橋拆了，一定會派追兵追來。」

張飛不服氣，「他被我一喝，倒退數里，怎麼敢再追？」

「如果橋沒斷，他擔心會有埋伏，是不敢追，可是現在橋拆了，他足可料定我們已經沒有多少兵馬，一定是心生膽怯才拆橋，所以就一定會來追；他擁有百萬之眾，雖涉江漢，但都可填平而過，哪裡會在意一座斷橋？」於是，劉備下令即刻動身，從小路斜投漢津，望沔（ㄇㄧㄢˇ）陽路而走。

劉備預料得一點兒也沒錯，當曹操得知長坂橋已斷，馬上命一萬士兵，火速搭三座浮橋，說當天晚上就要過橋。有部將提醒曹操，這會不會又是諸葛亮的詐謀，最好不要輕進，曹操說：「張飛只不過是一個勇夫，哪有什麼詐謀？」遂傳下號令，火速進軍。

曹操告訴所有將士：「今天的劉備就像釜中之魚，阱中之虎，如果今天不抓住他，就像是放魚入海，縱虎歸山！」眾將領命，一個個奮勇追趕。

劉備一行，快要接近漢津的時候，忽然看見後面塵沙大起，鼓聲喧天，喊聲震地，大家都知道是追兵到了。劉備焦急的說：「前有大江，後有追兵，現在可怎麼辦？」急命趙子龍等部將準備抗敵。

危急關頭，忽然又聽到山坡後一陣鼓響，一隊人馬飛奔而出，為首的一名大將，手執青龍偃月刀，腳跨赤兔馬，正是關羽！原來是關羽去江夏借得軍馬一萬，探知當陽長坂大戰之後，特地趕來救援。

曹操一見雲長，立刻勒住馬，回顧眾將說：「一定是又中了諸葛亮之計！」遂馬上傳令大軍速退。

關羽追趕曹軍十幾里之後，回軍保護劉備，上了諸葛亮準備的戰船，一起去了江夏。他們就在江夏重整旗鼓，訓練士兵，整頓戰船，準備日後與曹操再戰。

肆

劉備與孫權合力抗曹操

周瑜敗給了自己

第十二章　群英會

劉備退守江夏。諸葛亮說，曹操併吞荊州，虎視江南，建議劉備不妨聯絡東吳一起抗曹。

東吳以建業（今南京）為中心，主事者是孫權，也經常擔心曹操會打來。

剛巧，這天孫權派出使者魯肅來到劉備這兒，大家一起商定了聯合抗曹的辦法。諸葛亮順水推舟，隨著魯肅來到柴桑郡，想與孫權一起再就抗曹一事，更具體的討論一番。

不料，孫權一看魯肅回來了，便告訴他，曹操在前一天剛剛派人送來一封檄文，表示想聯合東吳共同討伐劉備。

第二天，魯肅領著諸葛亮進入議事大廳，會見了二十多位東吳的文武官員。有不少人都主張投降曹操，因為曹操擁百萬之眾，藉天子之名以征四方，最近又新得荊州，已經與東吳共分長江之險，實力實在是過於雄厚，如果拒絕他恐怕會招來大禍。

孫權手下有一位謀士張昭，還譏諷孔明，說劉備當初請孔明出山，以為孔明能幫助他席捲荊、襄，沒想到卻棄新野、走樊城、敗當陽、奔夏口，弄得一敗塗地，幾乎沒有容身之處，簡直比過去的景況還要差！

孔明啞然一笑道：「大鵬展翅，志在千里，更何況勝負乃兵家常事。」

他並且表示，他曾建議劉備取漢上之地，而當時如果真的要這麼做，的確是易如反掌，只因劉備躬行仁義，不忍奪同宗之基業，所以拒絕他的建議，而劉琮一個小孩子，行事魯莽，又聽信佞言暗自投降，才使得曹操有機會猖獗至此；現在劉備屯兵江夏，是別有打算，一般等閒之輩是無法了解的。

接著，孔明便舌戰群儒，把一干「投降派」都駁得說不出話來。連東吳一個忠心耿耿的老將軍黃蓋，在帳外都聽不下去，而忍不住進帳責問道：「你們這些謀士不好好想想退敵之道，卻只會無理質問孔明，到底是什麼意思？」

最後，孫權總算同意結盟聯合抗曹，諸葛亮達成任務，這才滿意

的離去。

為了聯合抗曹，孫權也特別把正在鄱（ㄆㄛˊ）陽湖訓練水師的周瑜召回來；周瑜一聽曹操大軍已至漢上，立刻連夜趕回柴桑郡，與孫權共議軍機大事。

周瑜是東吳第一將才，連曹操也深知他的本事，所以一方面派蔡瑁、張允等兩個荊州降將負責加緊訓練水師，一方面悄悄派周瑜從前的老朋友蔣幹過江，想要勸降周瑜。

蔣幹字子翼，是九江人，小時候是周瑜的同窗，他向曹操拍胸脯保證，到了江東之後，一定會憑三寸不爛之舌，說服周瑜來降。

周瑜一聽老朋友蔣幹來了，馬上高高興興的出來迎接，笑著說：「你不辭勞苦來到這裡，該不是為曹操來當說客的吧？」

蔣幹愕然，只得硬著頭皮否認。

「那就好，那就好！」周瑜笑著，親熱的拉著蔣幹的手，一起走入帳中，隨即並大開筵席，把眾將領統統找來，一方面興高采烈的對眾將領說：「這位是我從前的同窗好友，此番從江北來到這裡，不是為曹家當說客，請大家放心吧！」一方面又指著眾將領對蔣幹說：「在座的都是江東英傑，今晚的宴會，真可說是『群英會』呢！我自領軍以來，滴酒不沾，今天見到了老朋友，又無疑忌，一定要痛飲一番！」

說著，周瑜還解下佩劍，交給身邊的一位將領說：「你佩上我的劍做監酒，今天的宴席上只敘友情，如果有誰敢提起曹操與東吳軍旅的事，你就殺了他！」

蔣幹心頭受到無比震動，更不敢多說了。

「群英會」一直持續到深夜才結束，周瑜喝得酩酊大醉，但還一直拉著蔣幹，不肯放手，後來甚至要蔣幹留在帳中和他一起睡。

周瑜嘔吐狼藉，腳步踉蹌，和衣臥倒，才一會兒就睡著了。蔣幹心裡有事，哪裡睡得著。這時，軍中鼓打二更了，蔣幹看殘燈尚明，轉頭看看周瑜，只見他鼾聲如雷，睡得很沉。蔣幹看到桌上堆放著一疊文件，便悄悄起身，藉著燭光翻看，赫然發現一封署名是蔡瑁和張允的來信，蔣幹大吃一驚，急忙抽出來一看，信上說：「我們投降曹操，是形勢所迫，但我們現在已經把曹軍困在水寨中，只要一有機會，就會把曹操的腦袋割下來獻給您……」

「原來蔡瑁和張允暗通東吳，是詐降！」蔣幹認為這是一項重大機密，趕緊把信藏到衣服裡。正想繼續翻看其他文件，床上的周瑜翻了一個身，蔣幹嚇了一大跳，趕快把燈吹滅，也爬上床假裝睡覺。

周瑜含含糊糊的好像咕噥了些什麼，蔣幹仔細一聽，原來是周瑜在說夢話，而且居然是說：「我要曹操的腦袋！呼——我要曹操的腦袋！」

蔣幹震驚得連動都不敢動。將近四更，有人入帳，對著周瑜喚道：「都督，您醒著嗎？」

「啊？什麼？」周瑜突然醒了，「咦，是誰睡在我的床上？」

那人說：「是您的老朋友蔣子翼啊，昨晚您要他睡在這裡的，怎麼您都忘了？」

「噢，我想起來了。」周瑜手撫著頭，懊悔的說：「我從來沒喝醉過，怎麼昨天居然會醉成這樣？不知道我有沒有酒後失言？」

那人說：「江北有人來了。」

「噓！小聲點！」周瑜低喝道，然後對著蔣幹，試探性的叫了一聲：「子翼？」

蔣幹當然是不敢吭聲，只得裝睡。

周瑜輕手輕腳的下床，又悄悄溜出帳。蔣幹豎直了耳朵拚命想偷聽，但只聽到一句「張、蔡二都督說目前還不適合下手……」其他的都聽不清楚。

不久，周瑜回來了，又低低的喚了一聲：「子翼？」顯然是想看看蔣幹醒了沒。蔣幹不應，還是裝睡。

周瑜似乎放心了，脫了衣服之後爬上床繼續睡覺，很快的就又睡著了。蔣幹自然是十分清醒，心想萬一天亮之後，周瑜發現那封信不見了，一定不會饒了他，於是就在五更天，周瑜還在熟睡時，趕緊離開，回到江北去向曹操報告。

曹操一看了那封信，氣得立刻就把蔡瑁和張允給斬了！

其實，那封信以及周瑜醉酒都是假的。由於蔡瑁和張允久居江東，深諳如何訓練水師與水戰布置之道，他們降曹之後轉而為曹操訓練水師，被周瑜視為心腹大患，所以利用蔣幹來訪，使了一招「借刀殺人」之計。

蔡瑁和張允被斬的消息傳到江東之後，周瑜大喜道：「這下我就不必擔心啦！」

魯肅讚美道：「都督能夠如此用兵，還怕破不了曹賊嗎？」

周瑜說：「我想別人都不可能看穿我的計謀，只有諸葛亮或許能識破，你去試探一下，看看他到底知不知道。」

魯肅領命來見孔明，沒想到才一見面，孔明就說：「真是賀喜都督啊！」

魯肅一愣，「什麼事值得賀喜？」

孔明說：「就是都督要您來探一探我知不知道的那件事。」

魯肅不由得失色道：「先生您怎麼知道？」

孔明說：「這條計只能唬弄蔣幹，曹操雖然一時被瞞過，必然還會醒悟，只是絕不肯認錯罷了。現在蔡、張兩人既然死了，對江東總是好事，而且我聽說曹操換上毛玠和于禁為水軍都督，這兩個人遲早會斷送曹操的水軍。」

魯肅聽了孔明這番分析，支支吾吾的不知道該說些什麼好，就想告辭。

孔明叮囑道：「你回去以後，千萬不要說我知道這件事，否則我擔心都督心懷妒忌，會想辦法來害我。」

魯肅雖答應了，可是回去向周瑜覆命時，他也沒有辦法，只得老實說了，周瑜大驚道：「此人絕不可留，我一定要殺了他！」

魯肅勸阻道：「殺了孔明，一定會被曹操恥笑！」

「放心吧，我自有公道殺了他，」周瑜恨恨的說：「教他死而無怨！」

第十三章　草船借箭

第二天，周瑜聚眾將於帳下，請孔明一起來商議軍機大事。孔明欣然而至。

坐定之後，周瑜問孔明：「我們馬上就要與曹軍交戰了，水路交兵，您認為用什麼兵器好呢？」

孔明回答：「大江之上，當然是以弓箭最好。」

「我也是這麼想，但是現在軍中正好缺箭，可不可以麻煩您幫忙督造十萬枝箭，作為應敵之用？」周瑜說，他擔心孔明不肯，又特別強調：「這是公事，還請您千萬不要推辭！」

然而孔明根本沒有推辭，不但一口答應，還反問道：「這十萬枝箭什麼時候要用？」

「十天之內，可以造好嗎？」

「曹軍眼看馬上就要殺來，如果要等十天，恐怕會誤了大事。」

周瑜沒有想到孔明會這麼說，「那先生估計幾天可以造好呢？」

孔明說：「只要三天，我就可以交出十萬枝箭。」

周瑜一愣，正色說道：「先生，軍中無戲言啊！」

孔明說：「當然！我怎麼敢跟都督開玩笑？我願意接下軍令狀，三日之內如果沒有辦妥，甘願受到重罰！」

周瑜暗中大喜，果真立刻喚來軍政司，當面取了文書，遞給孔明說：「等事情辦好了，自有酬勞。」

孔明說：「今天已經來不及了，明天再說吧，等到了第三天，請您派五百士兵到江邊來搬箭就是了。」

孔明走後，魯肅說：「他會不會有詐啊？」

周瑜冷笑一聲道：「這是他自己找死，不是我逼他。現在既然已立下正式的軍令狀，諒他插翅也難飛！我只要吩咐下去，讓所有造箭所需要的材料和工人都故意拖延不給他，三天之後，看他怎麼繳得出十萬枝箭！」不過，周瑜還是叫魯肅去探探口風，打聽一下孔明有什麼計畫？

孔明一看到魯肅就埋怨道：「我不是教你不要多說，否則都督一定會想辦法害我嗎？沒想到你不肯為我隱瞞，今天果然惹出事來！三天之內要怎麼造得出十萬枝箭，現在你一定要救我！」

魯肅覺得很冤枉，「是你誇下海口、自取其禍，我要怎麼救你？」

「我只希望你能借我二十艘船，每艘船上三十個士兵，船上都用青布為帳，再紮一千多個草人，分布在船的兩邊，我自有妙用，三天之後保證會有十萬枝箭。」孔明說：「不過這回你可千萬別再對都督說了，否則我的妙計就使不出來了。」

魯肅也不明白孔明的葫蘆裡是賣什麼藥，回去向周瑜覆命時，果真一點也不提孔明借船的事。周瑜聽了，不禁疑惑道：「好，我就看他三天之後要怎麼來見我？」

魯肅很快就按照孔明的要求，私下把東西統統都準備好了。但是一連兩天，孔明一點動靜也沒有。直到第三天凌晨四更時分，孔明派人悄悄把魯肅請上船，說：「請您和我一起去取箭吧！」

魯肅一頭霧水，「到哪裡去取？」

孔明說：「您別問了，跟我去就是了。」遂命士兵將二十艘船用長索相連，逕往北岸出發。夜裡，大霧漫天，長江之中，霧氣更甚，一片白茫茫的，能見度很差，幾乎是伸手不見五指。孔明促舟前進，到了五更時分，已接近曹操水寨，孔明下令將船一律調轉成頭西尾東，一字排開，然後叫船上的士兵一起擂起戰鼓，大聲吶喊！

魯肅大驚道：「萬一曹兵都衝出來，可怎麼辦？」

孔明笑道：「大霧之中，我料準曹操一定不敢輕易出兵，我們只管放心的喝酒，等霧散了就回去。」

果然，當曹寨中忽然聽到擂鼓吶喊，毛玠和于禁兩個水軍都督慌慌張張的飛報曹操時，曹操說：「大霧之中忽然來犯，一定是有埋伏，我們千萬不可以輕舉妄動，趕快派出弓箭手，到江邊亂箭齊發！」很快的，大約一萬名個弓箭手就齊聚江邊，一起拚命朝江上放箭，箭如雨發！孔明下令把船掉頭，變成頭東尾西，繼續擂鼓吶喊，並逼近水寨受箭。

過了好一會兒，眼看快要天亮了，大霧也快散了，孔明下令收船急回。二十艘船兩邊布滿的草人上，都插滿了箭。孔明還叫船上士兵一起大聲喊道：「謝丞相賜箭！」

當曹操得到消息時，孔明這裡船輕水急，已經駛離水寨二十餘里，就算立刻出兵去追，也絕對是追不上了。曹操發覺上當，懊悔不已！

孔明笑著對魯肅說：「咱們不費江東半分之力，就得十幾萬枝箭，改天再用這些箭來射曹軍，不是很好嗎？」

魯肅大表佩服，「先生真是料事如神啊！您怎麼知道今天夜裡會有大霧呢？」

「這沒什麼，」孔明說：「為將如果不通天文，不識地利，不知奇門，不曉陰陽，不

看陣圖，不明兵勢，那只是庸才。我早就算出今天夜裡一定會有大霧，所以才敢訂下三天的期限啊！」

到了江邊之後，大家點算完畢，把十幾萬枝箭搬去覆命。魯肅入見周瑜，詳細說明孔明取箭的經過。周瑜大驚，慨然而嘆道：「孔明神機妙算，我真是不如他啊！」

第十四章 火燒赤壁

曹操的百萬大軍和弱小的孫劉盟軍，在赤壁山附近的長江兩岸擺開了陣勢。就軍隊的陣容來說，曹軍占有絕對的優勢。

周瑜再度把孔明請到帳中，對孔明說：「我看曹操水寨，極為嚴整有序，實在不易攻破，我想了一個計策，想請你幫我也拿拿主意，看看可不可行？」

孔明說：「不如我們都各自寫在手上，再看看一不一樣。」

「好啊！」周瑜拿來筆硯，先暗暗在手掌心裡寫下一個字，再將筆遞給孔明，孔明也暗暗寫了一個字，然後兩人同時出示所寫的字，不禁相視而笑，原來兩人所寫的都是一個「火」字。

周瑜說：「既然我們英雄所見略同，那就這麼辦吧，請先生不要洩漏出去。」

孔明說：「這是當然！軍機大事，豈有洩漏的道理！」

話說曹操平白損失了十幾萬枝箭，心裡氣悶得不得了，有謀士荀攸建議道：「現在江東有周瑜和諸葛亮聯手用計，恐怕不易對付，不如我們派人到東吳去詐降，作為奸細內應，以通消息。」

曹操正好也有這個想法，只是一時還沒想好該派誰去。經過一番討論，他們決定派蔡瑁的弟弟蔡中、蔡和前去詐降。

這天，周瑜正在與眾部將討論進兵之事，忽然士兵報告，江北有船過來，說是蔡瑁之弟蔡中、蔡和來投降。周瑜把他們兩人叫進來，兩人一見周瑜，立刻跪下來哭著說：「我們的哥哥根本一點罪過也沒有，卻莫名其妙的被曹操所殺，我們想為兄報仇，所以特來投降，希望您能收留我們！」

周瑜很高興，馬上重賞二人，並且為他們做很好的安排。

稍後，魯肅來見周瑜，提醒道：「蔡中、蔡和會不會是詐降？最好還是不要收留他們吧。」

周瑜怒斥道：「他們的哥哥被曹操所殺，為了報仇才來投降，怎麼會是詐降？你如果這麼多疑，怎能容天下的人才？」

魯肅默然而退，可還是不放心，又跑去告訴孔明。孔明笑道：「都督做得很對啊！大江隔遠，奸細極難往來，曹操讓蔡中、蔡和來詐降，無非是想要讓他們來打探我們的軍中大事，如今都督將計就計，正好讓他們傳遞一些假情報過去。所謂『兵不厭詐』，都督這樣做是很聰明的。」

魯肅這才恍然大悟。孔明說得一點也沒錯，周瑜一看蔡中、蔡和沒有帶家小來投降，就知道他們必定是來詐降，家小一定是被曹操留做人質，所以決定要先利用他們來通報消息，日後出兵攻曹的時候，再殺他們兩個來祭旗。

不久，蔡中、蔡和果然傳回去一個又一個「非常有價值」的情報。其實，這些「情報」只不過是周瑜一連串的連環計。

其中，最重要的「情報」有兩個。一個是老將軍黃蓋，因為主張降曹而被周瑜下令當眾毒打，打得皮開肉綻，鮮血直流，憤而悄悄派人向曹操獻上降書，說要伺機偷運江東兵糧來降曹，屆時船隻將插上青龍旗作為記號。

實際上，這是一條「苦肉計」，黃蓋挨打是真的，主張降曹以及憤而降曹都是假的。（**有一句俗語「周瑜打黃蓋——一個願打，一個願挨」，典故就是出自於這裡。**）

另一個「可貴」的情報，是江東有名的謀士龐統也悄悄來到曹營，向曹操獻計說，不妨把大小戰船都用鐵索連在一起，這樣就可以解決北方士兵水土不服又容易暈船的毛病。曹操照辦之後，果然十分有效，士兵們的精神好多了，都在平穩的戰船上舞刀弄槍，認真操練，一個個都威風八面的模樣。

而周瑜這邊，眼看曹操一步步中了他的連環計，應該十分志得意滿才對，不料他卻突然病倒，大家都好著急。

魯肅和孔明談起周瑜生病的事，神情凝重的嘆道：「這真是曹操之福，江東之禍啊！」

孔明卻很有把握的說：「都督的病，我可以醫。」

魯肅遂陪著孔明去見周瑜，並先行進入，告訴周瑜，說孔明自言能替他治病；周瑜只得把孔明從帳外請進來，再叫左右把自己扶起來，坐在床上。

孔明說：「真沒想到幾天不見，您竟不舒服啊！」

周瑜嘆道：「『人有旦夕禍福』，豈能自保？」

孔明笑道：「『天有不測風雲』，又豈能預料？」

周瑜一聽，臉色微微一變，趕緊呻吟起來。

孔明又問：「都督心中覺得煩悶鬱結嗎？」

「唉，是啊！」

「那必須用涼藥來治療。」

「涼藥是已經服了，可是一點用也沒有。」

「那是因為必須先理其氣，氣若順了，病自然就會好了。」

周瑜猜想孔明一定已經知道他的「病因」，乾脆挑明了問：「如果希望順氣，該服什麼藥呢？」

孔明笑著說：「我有一個藥方，保證能讓都督氣順。」

「請先生賜教！」

孔明遂取紙筆，並要求屏退左右，寫下十六個字——欲破曹公，宜用火攻；萬事俱備，只欠東風。

周瑜一看，大吃一驚，暗忖道：「此人料事如神。居然能夠看透了我的心事！」

的確，周瑜本來就打算要用火攻，以寡擊眾來打敗曹軍，但忽略了此時正是隆冬，吹的是西北風，風向不對，屆時即使採用火攻，火勢一定也燒不到曹營，這才急出病來。

孔明說：「亮雖不才，但曾遇異人傳授奇門遁甲，可以呼風喚雨。」他告訴周瑜，只要在南屏山建一個九尺高的七星壇，讓他上壇作法，就可為都督借來東南風。

周瑜又驚又畏，但為了破曹，仍然一方面吩咐手下做好準備，一方面火速建壇，讓孔明登壇作法。

就在一切全部準備妥當的時候，當天夜裡將近三更時分，果然東南風大起！

周瑜驚駭的說：「此人實在是太可怕了！居然真的能夠呼風喚雨！如果留下他，將來一定會是東吳的禍根！」遂悄悄叫來帳前護軍校尉丁奉和徐盛兩個將領，吩咐他們帶著一百名刀斧手直奔南屏山七星壇，抓到孔明之後不必多說，立刻把他斬首！

但諸葛亮早已識破周瑜的詭計，知道東風一借成，器量狹小的周瑜必然再也容不下他，因而早就做好安排，要趙雲準備了小船來接他回夏口。

丁奉和徐盛駕船直追，遙望前船不遠，便站在船頭高聲大叫：「軍師慢走！都督有要事請您回去商量！」

只見孔明立於船上，大笑道：「請轉告你們的周都督，好好帶兵打仗吧！諸葛亮暫回夏口，改日再見！」

丁奉和徐盛本來還想追趕，就在這時，看見趙雲站了出來，威風凜凜的站在孔明的身邊，心裡就有些膽怯；更何況趙雲還突然射出一箭，正好射斷他們船上的篷索，大船就不能前進了。

趙子龍大叫道：「我本來可以一箭射死你們的，只不過怕傷了我們兩家的和氣！」隨即下令自己的船拽起滿帆，乘順風而去。

丁奉和徐盛沒有辦法，只能回來向周瑜覆命，周瑜見自己的心思居然被孔明算得一清二楚，大驚失色道：「這人如此多謀，真教我寢食難安！」

魯肅勸道：「先別管他，都督先破曹之後再說吧！」

周瑜眼看時間緊迫，也只好暫時先不再去想孔明的事，而趕緊吩咐眾部將按照原訂的計畫行事。

老將軍黃蓋一方面派了一艘小船，送來一封密函給曹操，說因為周瑜關防嚴緊，一直無計脫身，今天正好從鄱陽湖運來了一批軍糧，周瑜正好叫自己負責巡哨，所以有了一個大好機會，好歹要殺個江東名將，獻首來降；黃蓋並且清清楚楚的寫明「今晚二更，只要看到插著青龍旗的船，就是糧船。」

另一方面，黃蓋早已奉令準備了二十艘大火船，船頭都釘滿了鐵釘，不怕和敵人相撞，船內則裝滿乾柴和蘆葦等易燃物，並澆上油，又鋪上硫磺，然後外面用黑布蓋得嚴嚴實實，最後在船頭上插著醒目的青龍旗。

向晚時分，周瑜把蔡中、蔡和兩兄弟叫出來，叫軍士把他們綑綁在地上。兩人大叫：「這是為什麼？我們沒有罪過啊！」

周瑜冷笑道：「哼，你們是何等人，居然也敢來詐降！今晚我缺少東西來祭旗，借你們倆的腦袋來用用！」遂將兩人斬首。祭旗儀式完畢，就下令開船，朝赤壁出發。這時，東風大作，波浪洶湧。二十艘大火船在前，另有許多小船在後，弓箭手都藏在小船裡。

船隊順著風，迅速朝曹軍的水寨駛去。曹操因為已經知道黃蓋今晚將率糧船來降，非常高興，興致高昂的和眾部將一起登上大船遙望，並且迎風大笑，自以為得志。

當曹操遠遠的看到插著青龍旗的船隊，更是高興的笑著說：「黃蓋來投降，真是天助於我呀！」

之前曹操小試了一下龐統鐵索連舟的建議，認為非常有用，打算全面採用時，謀士程昱曾經提醒過他，鐵索連舟固然能使船非常平穩，讓士兵在上面能夠如履平地，但萬一敵人要用火攻，就難以迴避，不可不防，可是曹操當時不以為意道：「要用火攻，一定要借助風力，現在是隆冬，只有西北風，沒有東南風，我們在西北之上，他們都在南岸，他們如果用火攻，豈不是會燒到自己？我們怕什麼？」

但是，今晚偏偏吹的是東南風。

船隊愈駛愈近，曹操看得很高興，程昱觀看良久，卻對曹操說：「這支船隊有詐，不要讓他們近寨！」

曹操嚇了一跳，「你怎麼知道？」

程昱說：「如果是糧船，船身一定很穩重，可是這些船都又輕又浮，再加上今天晚上東南風這麼大，萬一有詐，可怎麼辦？」

曹操這才猛然醒悟，急忙叫人去攔截，可是已經來不及了，船隊距離曹軍水寨已經只有兩里遠了！

黃蓋把刀一揮，二十艘大船立刻瞬間燃起了熊熊大火，而且藉著強勁的風勢，像箭一樣，筆直的衝進曹軍的水寨！

水寨驟然起火，但因船隻都被鐵環鎖住，根本逃避不及，才一眨眼的工夫就已全部起火！

忽然，一聲炮響，更多的火船從四面八方一起衝了過來。風助火勢，火藉風威，只見江面上一片通紅，煙霧瀰漫。曹操回頭一看陸上的營寨，到處都是熊熊烈火。曹操趕緊下了大船，登上張遼前來救應的小船，拚命的往岸上逃去。

黃蓋見曹操換了小船，急忙駕船在後緊追不捨，嘴裡還高聲叫

著：「曹賊別跑，黃蓋在這裡！」

張遼搭箭拉弓，一箭射中黃蓋的肩窩，黃蓋頓時翻身落水。曹操在眾部將忠心勇敢的保護下，好不容易上了岸，也找到了馬匹，突圍而去。

這一夜，在周瑜水陸兩軍的夾擊下，曹軍死傷無數，幾十萬大軍就在頃刻之間完全瓦解。

赤壁之戰後，曹操被迫退回了北方，「三國鼎立」的局面大體上已經成形。

第十五章　華容道

曹操在赤壁吃了大敗仗之後，逃到烏林，看見這裡地勢險要，突然大笑了起來。

眾部將都感到很奇怪，紛紛問道：「丞相笑什麼啊？」

曹操說：「我不笑別的，只不過是笑周瑜和諸葛亮畢竟還是不懂得用兵，沒想到要在這裡埋伏一支人馬，否則我們一定逃脫不了。」

不料，話剛說完，兩邊立刻鼓聲大作，火把也密密麻麻的舉了起來，驚得曹操差一點兒就從馬上墜下來。緊接著，從側面殺出一支人馬，領頭的將領大叫道：「我是趙子龍！奉軍師將令，已經在這裡等候多時了！」

張郃（ㄏㄜˊ）和徐晃上前抵擋趙子龍，張遼則保護著曹操冒著煙突火而去。不過趙子龍也並不追趕曹操，只命令士兵奪取曹軍的旗幟和物資。

天色剛亮，忽然又下起傾盆大雨，士兵們的衣甲都被淋得溼透。曹操率軍冒雨而行，士兵們都又冷又餓；終於走到一個叫葫蘆口的地方。大家剛坐在一片小樹林裡休息了一會兒，還正忙著晒溼衣服，以及設法生火煮點東西吃的時候，曹操又仰天大笑。

眾將官又問：「方才丞相一笑，惹出趙子龍來，損失了許多人馬，如今丞相又為什麼而笑？」

曹操說：「我是笑諸葛亮和周瑜畢竟智謀不足，如果是我用兵，一定會在這裡埋伏一支兵馬，就可以以逸待勞了！」

曹操的笑聲還沒停呢，又突然聽見一陣吶喊，曹操等人都大驚失色，紛紛棄甲上馬。只見四下火煙布合，山口有一支軍馬排開，為首的是張飛，橫矛立馬，大叫：「曹賊往哪裡走！」

眾部將見了張飛，不禁都為之膽寒，但也都只能硬著頭皮勇敢的向前衝去，兩邊軍馬混戰成一團。曹操撥馬先行逃脫，眾部將則各自設法脫身。

他們狼狽不堪的逃到一個路口，士兵稟報道：「前面有兩條路，請問丞相要走哪一條？」

曹操問：「哪條路近？」

士兵說：「大路稍平，卻要多走五十餘里，小路華容道，可以少走五十餘里，只是地窄路險，坎坷難行。」

曹操命人上山觀望，回報道：「小路山邊有好幾個地方都冒起了煙，大路卻沒有動靜。」

「既然如此，」曹操下令：「我們走華容道！」

眾部將都充滿疑惑的問道：「既然有烽煙，一定就有軍馬，為什麼丞相反而要走這一條路？」

曹操獨排眾議道：「兵書上說：『虛則實之，實則虛之。』諸葛亮多謀，一定是故意叫人在山僻處燒煙，嚇唬我們，讓我們不敢走這條近路，然後在大路設下埋伏等著我們！我才不上他的當！」

眾部將都大呼：「丞相真是神機妙算啊！」

此時人皆飢倒，馬皆困乏，又正值隆冬嚴寒之際，再加上華容道實在難走，大家都苦不堪言。

不久，曹操見前軍停馬不進，就問是怎麼回事。回報說：「前面山僻小路，因為早晨下雨，到處都是積水的水坑，泥陷馬蹄，所以無法前進。」

曹操大怒道：「軍旅逢山開路，過水疊橋，豈有因為泥濘不能前進的道理！」

遂傳下號令，叫老弱、受傷的士兵在後面慢慢走，強壯者則擔上束柴，搬草運蘆，填塞道路，利於前進；曹操還特別強調，一定要及時行動，違令者斬！

眾軍只得都下馬，就近在路旁砍伐竹木，填塞山路。

曹操惟恐後面有追兵，還派張遼、許褚和徐晃率領百騎，紛紛執刀在手，只要看到動作太慢的，一刀就斬了。

許多士兵就這樣倒下。為了省時間，曹操喝令人馬踐踏而行，死者不可勝數，一路都充滿悲慘的號哭聲。

曹操大怒道：「生死有命，哭什麼！再哭，統統殺了！」

總算千辛萬苦的過了險峻，路稍平坦的時候，曹操回顧一看，身邊只剩下三百多個騎兵，而且沒有一個是衣甲整齊的。

曹操催促大家趕快走，眾部將都說：「連馬都疲憊不堪了，還是休息一會兒吧。」

曹操卻執意道：「等到了荊州再休息也不遲。」

走了幾公里，曹操忽然又在馬上揚鞭大笑。

眾部將又問：「丞相為何又大笑？」

曹操說：「人家都說周瑜和諸葛亮足智多謀，依我看來，到底是無能之輩！他們假如在這裡埋伏一支人馬，我們就只好束手就擒了，幸好他們想不到啊！」

曹操話音剛落，就聽見一聲炮響，突然冒出一支兵馬，截住了他們的去路！

這回為首的大將是手提青龍偃月刀，騎著赤兔馬的關羽！

一見關雲長，曹軍個個面色如土，丟魂喪膽。

曹操咬咬牙道：「事到如今，也只好決一死戰了！」

眾部將紛紛說：「並非是我們怯戰，只是戰馬已經疲憊至極，怎能交戰？」

程昱更建議道：「關雲長向來欺強而不凌弱，且恩怨分明，很講信義，丞相曾經對他有恩，何不親自和他談談看，動之以情，也許我們還有機會脫身？」

曹操想想，這的確是一個好辦法，似乎也是唯一的辦法，便縱馬向前，懇請關羽放他一條生路；而關羽也的確是一個義重如山的人，想起從前曹操對自己的許多恩義，實在不忍心對眼前落魄至此的曹操趕盡殺絕，最後只得長嘆一聲，把殘存的曹軍都放過去了。

曹操從華容道逃脫之後，來到谷口，回顧所隨士兵，竟然只剩下二十七個將士！

當曹操終於回到屬於自己的地盤——南郡時，突然仰天大慟，痛哭失聲！

部將們都問：「丞相從虎窟中逃難時，毫無懼色，為什麼現在安全回來，正須整頓軍馬復仇的時候，反而會這麼傷心？」

曹操仍然捶胸大哭，悔恨不已。

儘管他的性命得以保全，但只要一想到幾十萬大軍就這樣全部泡湯，怎能不痛哭失聲？

而沒有依諸葛亮之命，在華容道上拿下曹操的關雲長，本來是應該被斬的，但因劉備拚命求情，才獲准以帶罪之身，日後伺機再將功贖罪。

不久，關羽向劉備主動請纓，要親自帶兵奪取長沙，果真順利達成任務，這才算是把放走曹操的過錯一筆勾銷了。

伍

昔日好友，今日對手

英雄的殞落

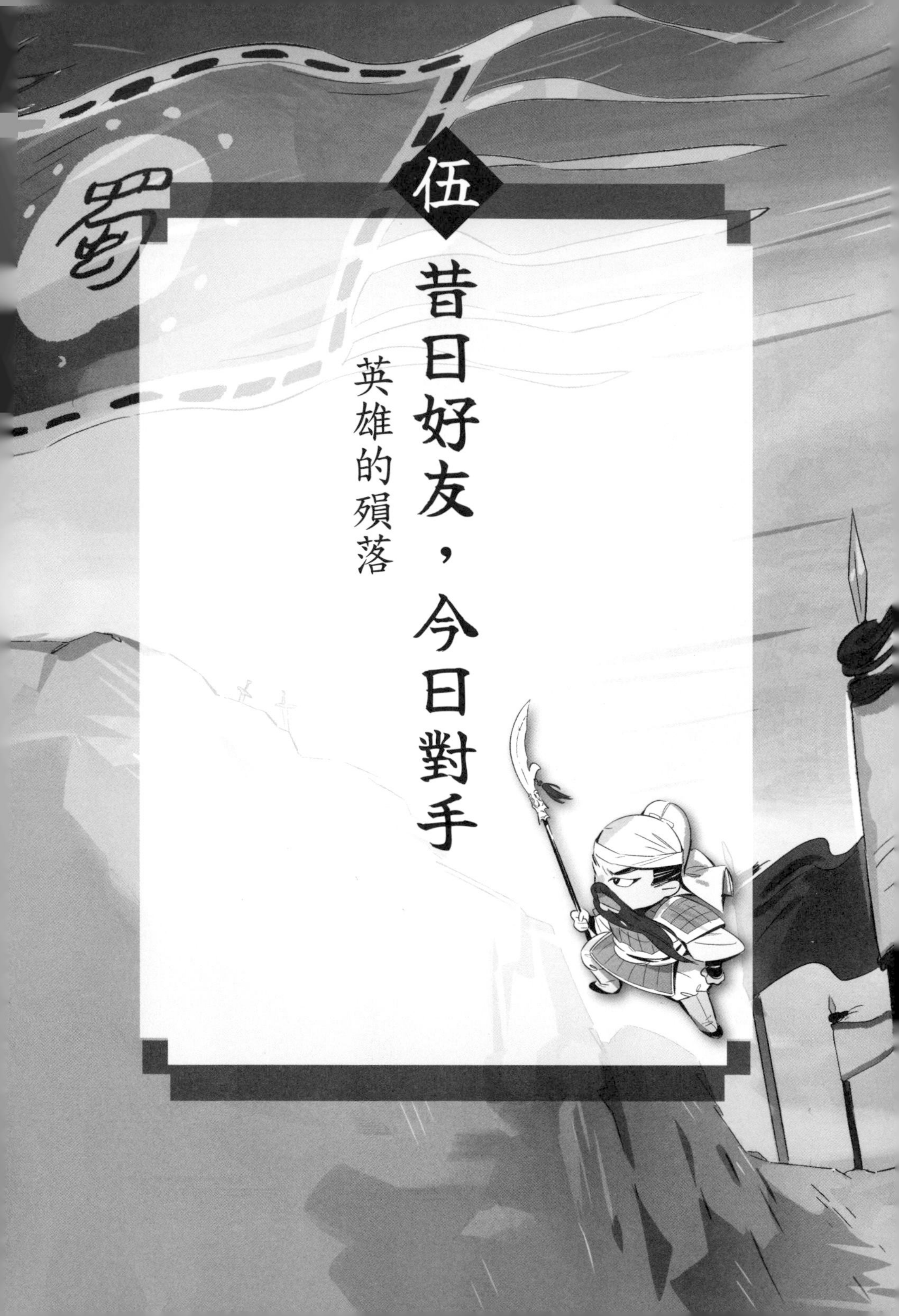

第十六章　孔明三氣周瑜

周瑜和劉備都想奪取曹操的南郡，雙方說好誰能夠先攻入南郡，南郡就歸誰。

周瑜先去攻打南郡，守軍將領曹仁已按照曹操的密計，設下了圈套。周瑜果然中計，當他率兵一進入外城門，忽然一聲梆子響，兩邊早就部署好的弓箭手立刻萬箭齊飛，勢如驟雨，東吳士兵閃躲不及，死傷慘重。周瑜發現中計，急急勒馬往回走時，也被一箭射中了左肋，應聲跌下馬來。徐盛和丁奉拚死總算才把周瑜救出來。

周瑜中的是毒箭，大夫要他長期調養，千萬別發怒，以免箭傷復發。

不久，從吳營中傳出消息，說周瑜因傷勢太重而死，曹仁大喜，馬上連夜突襲吳營。

這一次，卻是曹仁中了周瑜的埋伏，曹軍大敗，三路軍都被衝散，首尾不能相救。廝殺一夜之後，曹仁帶領殘餘部屬都無法逃回南郡，只得去了襄陽。

原來就在周瑜和曹仁互相攻打的時候，諸葛亮已派趙子龍連夜奪下了南郡城。周瑜大怒，下令攻城，然而吳軍才剛來到南郡城下，城上立刻亂箭齊發。

周瑜只好先暫時退兵，商議先派軍攻下荊州和襄陽，再回頭來拿南郡也不遲。

萬萬沒想到，正當周瑜還在調撥兵馬，忽然探馬急急來報，說諸葛亮自得了南郡之後，就日夜遣兵調將，誘使荊州守城軍馬趕來救援，然後再命張飛率兵趁荊州城內空虛的時候，輕輕鬆鬆便拿下了荊州！

周瑜一聽，錯愕不已。沒一會兒，又有另一個探馬來報，說諸葛亮用同樣的手法，叫關雲長襲取了襄陽！

想到諸葛亮不費什麼工夫便連奪三城，讓南郡、荊州和襄陽盡歸劉備，周瑜便怒火攻心，大叫一聲：「諸葛村夫，我非殺了你不可！」頓時造成箭傷復發，昏迷倒地。

這時，孫權在合肥打不過曹軍，周瑜只好派兵前去增援，一時不可能直接再硬碰硬的奪回三城；周瑜沒有辦法，只得先勉強嚥下這口氣，回到柴桑郡去養傷。

但實際上周瑜愈想愈氣：「我在這裡煞費苦心、花費錢糧、折損兵馬，結果三個城池全沒我的分，他倒好，圖個現成，豈不可恨！」遂令魯肅去向劉備討還荊州。

但魯肅這一趟，可以說是無功而返，所得到的只是一紙劉備借用荊州的空文，氣得周瑜大罵魯肅糊塗，「他說等取了西川就還荊州，誰知道他幾時會取西川？假如他十年都拿不下西川，荊州豈不是就十年不還？這種空文有什麼用！你居然還為他作保！到時候只會受他的連累！」

魯肅聽了之後，呆了半晌，才喃喃說道：「我想玄德應該不會騙

我吧。」

「唉，你是老實人，但是像劉備這種梟雄之輩，諸葛亮這種奸詐狡猾之徒，他們可不像你啊！」

「那怎麼辦？」魯肅也有些急了。

周瑜說：「算了，等我派細作去打聽一下消息，再做打算吧。」

過了幾天，細作回報，說荊州城內到處都揚起布幡辦喪事，城外建了新墳，士兵們也都掛孝……

周瑜驚問道：「誰死了？」

細作說：「甘夫人死了。」

「是嗎？」周瑜心想：「劉備沒了甘夫人，勢必將續娶……」

他稍後動動腦筋，立刻想好一條計策，一定要使劉備束手就縛，荊州也唾手可得。

周瑜趕緊找孫權商量，兩人共同訂下一個計畫——假意要把孫權的妹妹許配給劉備，但以孫權之母國太吳夫人甚愛幼女，不肯讓她遠嫁為由，要求劉備到東吳來成婚，然後再乘機抓住劉備！

主意打定，孫權便派一個叫做呂范的部下到荊州去向劉備提親，表達孫權的妹妹「欲

招贅玄德為婿，永結姻親，同心破曹，以扶漢室」的想法。

起初劉備推辭道：「中年喪妻，實在是人生的大不幸，更何況妻子屍骨未寒，我怎麼忍心現在就議親？」

呂范說：「人如果無妻，就像房屋沒有棟

梁一樣，豈可中道而廢人倫？」

劉備又說：「我都已年過半百，鬢髮斑白，吳侯之妹，正當妙齡，年齡上恐怕也不合適吧？」

呂范說：「吳侯之妹，身雖女子，志勝男兒，常說：『若非天下英雄，我絕不嫁！』今皇叔名聞四海，正所謂淑女配君子，就算年齡有點差距，又有什麼關係呢？」

當晚，劉備急忙找孔明商議此事，孔明笑道：「這一定是周瑜的詭計，不過您放心吧，我會交給趙子龍三個錦囊，囊中有三條妙計，讓趙子龍將三個錦囊貼身收藏，依次而行，保您入吳，保證您一點事也沒有。」

孔明並且告訴劉備，已就此事卜了一個卦，得了一個大吉大利之兆，劉備聽了，更加放心。

於是，孔明先差人赴東吳納了聘，一切完備，再挑了一個吉日——建安十四年冬十月，命趙雲和孫乾準備快船十艘，隨行五百餘人，陪劉備離開荊州，前往南徐。

孔明吩咐過趙子龍拆開三個錦囊的時間，當船一靠岸，趙子龍立刻依言拆開第一個錦囊，然後按照錦囊妙計的指示，一方面吩咐隨行的五百士兵，一一披紅掛彩，到南徐城內採買辦喜事的東西，另一方面要劉備趕快去拜訪喬國老。喬國老是有名的兩個美女「江東二喬」，「大喬」和「小喬」的父親（「小喬」就是周瑜的妻子），就住在南徐。

喬國老得知好消息之後，就入見吳國太賀喜。國太一頭霧水，

「賀什麼喜啊？」

喬國老說：「令媛既已許劉玄德為夫人，現在劉玄德都已經到了，這麼大的喜事，您為什麼要瞞著我呢？」

「我不知道這件事啊！」國太十分吃驚，趕緊派人出去打聽，回報的結果是——的確有這回事，而且幾乎全城的百姓都知道了；現在新郎倌已在館驛安歇，五百隨行軍士則都在城中為新郎倌採買豬羊果品，準備成親。

這下可把國太給氣壞了！急急把孫權召來痛罵道：「你眼裡還有沒有我這個母親啊？隨隨便便把你妹妹許給別人，居然不先告訴我！這可是我的寶貝女兒啊！」

孫權是一個孝子，被母親這麼一責難，只好尷尬的老實稟報：

「這都是周瑜的主意，想藉此把劉備拘禁起來，再叫他拿荊州來換，如果他不肯，就殺了他，並不是真的要把妹妹嫁給他。」

國太聽了孫權的解釋，更是氣得火冒三丈，「胡鬧！你身為六郡八十一州大都督，居然會拿我的寶貝女兒來使美人計！殺了劉備，她豈不是要守寡，以後還怎麼再說親？不是要誤了她一生？」

喬國老也說：「如果是這樣得到荊州，一定會被天下人恥笑，恐怕不好吧！」

說得孫權默然無語。

國太不停的罵周瑜，罵他居然想得出這麼一個餿主意。

喬國老勸道：「劉皇叔是漢室宗親，事到如今，不妨真招他為女婿算了，免得出醜。」

孫權說：「年紀恐怕不太相當。」

喬國老說：「劉皇叔是當世豪傑，如果真招了他做女婿，也不算委屈了令妹。」

國太說：「我沒見過劉皇叔，這樣吧，明天約他在甘露寺見面，如果我不中意，就隨你們怎麼辦，如果我中意了，我就真的把女兒嫁給他。」

於是，孫權立刻吩咐呂范翌日在甘露寺設宴，讓國太看看劉備；另一方面，也令將領賈華率三百刀斧手，埋伏在甘露寺兩廊，準備若國太稍不中意，便一聲令下，兩邊齊出，把劉備拿下。

第二天，劉備內著盔甲，外穿錦袍，由趙子龍貼身護衛著前往甘露寺，五百士兵亦全副武裝隨行。他們來到寺前下馬，先見孫權，孫權看劉備儀表不凡，心中頗有畏懼之意，而國太見了劉備，更是非常滿意，連連對喬國老說：「真是我的好女婿啊！」

劉備告訴國太，廊下暗伏刀斧手，並泣問道：「是否準備殺備？」

國太大怒，立刻責罵孫權：「玄德既然成為我的女婿，就是我的兒女，為什麼要在廊下埋伏刀斧手？」

孫權推說不知道，喚呂范來問；呂范又把責任推給賈華；國太就把賈華叫來嚴厲的責罵，賈華只得低頭挨罵，什麼話也不敢說。

國太原本還要斬了賈華，還是劉備為他求情，這才作罷。國太斥退賈華，刀斧手也紛紛抱頭鼠竄。

國太面帶怒容的強調：「我的女婿，誰敢害他！」

說得孫權真是有苦說不出。

劉備就這樣和孫小姐成了親，夫妻倆感情很好。

周瑜沒料到事情會變成這樣，想了半天，又寫了一封信差人密送孫權，大意是說，既然已經弄假成真，只好將計就計，最好盡可能的照顧劉備，讓他住得舒舒服服，自然而然被聲色所迷，也就不想回荊州了。

這一招果然有用，劉備只顧著享樂，連趙子龍都幾乎不見。

先前孔明曾經告訴過趙子龍，一到南徐，就開第一個錦囊；住到年終，開第二個；危急之時，再開第三個。

現在轉眼已到年終，趙子龍拆開第二個錦囊，看過之後，馬上向劉備緊急報告，說曹操派了幾十萬精兵殺奔荊州，要劉備趕快回去！

劉備原想與孫夫人暫別，但孫夫人執意要和他一起回荊州；為免國太和孫權反對，孫夫人甚至還想好一個計策，要在建安十五年春正月元旦，推稱夫妻倆要在江邊祭祖，然後不告而別。

元旦這天，趙雲護送著劉備和孫夫人，悄悄出了南徐。當他們一行人來到周瑜養病的柴桑郡時，碰到了麻煩——前有徐盛和丁奉的攔截，後面又塵沙大起，顯示大批的追兵即將趕到！

趙子龍趕緊拆開孔明第三個錦囊妙計，這回上面的指示，是要劉備把一切都告訴孫夫人，並請孫夫人解危。

孫夫人最初並不知道孫權和周瑜是把她當作「餌」，要把劉備騙來，現在得知真相之後，勃然大怒，痛罵孫權道：「好啊！既然你不把我當成是親妹妹，我也不把你當成是親哥哥了！」

遂命人捲起車簾，親自喝問徐盛和丁奉道：「你們兩個是想造反嗎？還是想搶奪我們夫妻倆的財物，居然敢在這裡攔路，不讓我們前進？」

徐盛和丁奉慌忙下馬，放下兵器，小心翼翼的說：「請孫夫人息怒，這不關我們的事，我們只是奉周都督將令，屯兵在此，專候劉備……」

「放肆！劉備是我丈夫，你們膽敢拿他怎麼樣？」孫夫人破口大罵：「你們只怕周瑜，就不怕我！難道周瑜殺得了你們，我就殺不了周瑜嗎？」

說著又把周瑜大罵一頓，然後喝令車隊前進。徐盛和丁奉不敢直接和孫夫人爭執，又見趙子龍殺氣騰騰，只得把軍士們喝住，讓他們過去。

劉備一行來到江邊，剛稍微放下心來，忽然看見後面塵土飛揚，追兵又來了，而且這一次非常棘手；原來孫權已經料到手下一定不敢動自己的妹妹，竟派人送來寶劍，要部將們乾脆先殺了他妹妹，再殺劉備！

劉備正在驚慌著急，以為自己必死無疑的時候，諸葛亮卻率著船隊，從從容容的來了！

周瑜得知劉備上了船，立即率水軍追趕，諸葛亮命令停船上岸，周瑜也跟著一路追上岸來，不料卻中了埋伏，被殺得大敗而回，氣得不得了。

沒想到更氣的還在後頭哩，當周瑜一逃到船上，就聽見岸上劉備的軍士齊聲大叫道：「周郎妙計安天下，賠了夫人又折兵！」

周瑜一聽，怒急攻心，就昏了過去。

兩度用計都告失敗，周瑜覺得很難向孫權交代，便又想出一個計謀——他假意要替劉備去攻打西川地區，實際上是想趁劉備出來慰勞軍隊的時候，攻入荊州城內。

不料，當他來到荊州城下時，卻見城門緊閉，令周瑜感到相當困惑。忽然聽到一聲炮響，城上立刻箭如雨下，劉備的兵馬也從城外兵分四路一起衝殺過來！

周瑜怒氣填胸，慘叫一聲，箭瘡復裂，便從馬上摔了下來，被左右急急忙忙救回。但多次怒氣攻心，周瑜的傷勢愈來愈嚴重，竟至瀕臨垂危。

彌留之際，他突然甦醒仰天長嘆道：「唉！老天啊！既生瑜，何生亮啊！」一連叫了好幾聲之後，終於滿懷悲憤的與世長辭。死的時候才三十六歲。

第十七章 單刀赴會

劉備曾經與孫權有過協議，是暫借荊州地區來養精蓄銳，等攻占了西川之後就歸還荊州。

所以，當劉備經過一番征戰，終於取得西川的消息一傳到孫權的耳裡，孫權立刻把眾謀士召集起來，商議該如何收回荊州。

由於諸葛亮的哥哥諸葛瑾剛好在孫權的手下為官，因此有人建議，不妨假裝扣押諸葛瑾的家屬，讓諸葛瑾去求諸葛亮，再讓諸葛亮勸劉備歸還荊州。

孫權聽了，連稱這真是一條妙計；因為劉備對諸葛亮一向是言聽計從，藉諸葛亮之力，勝算一定很大，遂立刻派諸葛瑾去見諸葛亮。

聽了哥哥的哭訴，諸葛亮立即就識破了孫權的詭計，於是就使了一個緩兵之計——他讓劉備表面上假裝同意先歸還荊州的一半，也就是荊州所屬的長沙、零陵和桂陽三郡，但實際上諸葛亮卻派人通知負責守衛荊州的關羽，不准歸還城池。

諸葛瑾回去向孫權覆命，孫權高高興興的派人前去接收，卻被關羽統統趕了出來。

孫權得知關羽不肯移交，非常生氣，便叫魯肅出面宴請關羽，請關羽交出荊州；孫權並且命魯肅事先做好埋伏，如果關羽拒絕交出荊州，就把他當場殺死！

關羽接到請柬，非常爽快的答應，一定準時赴宴。使者一走，他的兒子關平以及眾部將都勸他不要去，擔心魯肅不懷好意。

關羽笑了笑說：「難道我會不知道嗎？可是，如果我不去，一定會被他們譏笑我膽小；我就只帶幾個人，單刀赴會，看魯肅能把我怎麼樣？」

第二天，魯肅早早埋伏好了各路人馬，就等關羽一到，就可以伺機動手。

到了中午時分，魯肅見關羽只帶了八、九個關西大漢，人人都只帶了一把腰刀，神情輕鬆、泰然自若的乘著一艘小船過江前來赴宴，他非常驚訝；而在宴會開始，大夥兒入席飲酒，舉杯相勸時，魯肅因為心裡有鬼，視線幾乎不敢與關羽接觸，關羽則談笑風生，十分坦蕩，就好像真的只是參加朋友的宴會一樣。

酒過數巡，魯肅提到關於荊州的事，關羽說：「這是國家大事，今天我們不談它！」

魯肅不死心，又說了一遍。這回，關羽還來不及回答，就聽見臺階下一個幫他持刀的隨從大聲說：「天下的土地，誰有仁德就歸誰，憑什麼該給你們東吳？」

關羽一聽，臉色大變，馬上跳了起來衝出去，奪去那人所捧的大刀，斥責道：「這是國家大事，哪有你多話的分？還不快滾！」

隨從會意，藉此機會先到岸口，把紅旗一招，對岸的關平一看，立刻船如箭發，火速奔過江東來。

關羽右手提刀，左手挽住魯肅的手，佯裝喝醉，然後對魯肅說：

「你今天請我來吃飯，不要再提荊州的事，我現在已經喝醉了，搞不好就會傷了我們老朋友的感情，日後我請你到荊州來，咱們再好好商量吧！」

關羽一邊說，一邊扯著魯肅直到江邊。魯肅被嚇得魂不附體，而他們事先埋伏的士兵，見關羽手提大刀，又拉著魯肅，惟恐一個不小心會傷到魯肅，也不敢輕舉妄動。

關羽一直到了船邊，才放了魯肅。很快的，他大步上了船，再立於船首，向魯肅道謝後離去。

魯肅看著關羽所乘的小船，乘風而去，好半天都呆呆的說不出話來。

第十八章　水淹七軍

劉備占領漢中以後，在西元二一九年自立為漢中王，封諸葛亮為軍師，其他的人也都升了官，關羽、張飛、趙子龍、馬超和黃忠並列為「五虎大將」。

曹操得知此事之後，大為惱火，想聯合其他人馬一起進攻劉備。

孫權看了曹操派人送來的祕密書信，一方面先答應將與曹操首尾相擊，一方面又派使者過江，想探探關羽的口氣；謀士諸葛瑾建議，不妨以孫權的兒子向關羽的女兒求親，如果關羽同意了，就可與關羽商議共破曹操，如果關羽拒絕，就可助曹聯手取荊州。

然而，對於這共結兒女親家的提議，關羽一口就回絕了，甚至還對前來提親的諸葛瑾勃然大怒道：「我的虎女怎麼可以嫁給孫權的犬子？哼！若不是看在你弟弟的面子上，你敢提這樣的建議，我應該立刻把你斬首才對！」

諸葛瑾倉皇回去向孫權覆命，據實以告，孫權也勃然大怒，罵道：「這傢伙實在是太無禮了！」

原本可能的「孫劉聯盟」就這樣宣告破裂。

不久，當劉備得到情報，說曹操已連結東吳欲取荊州時，大為驚慌，急忙找諸葛亮商議。諸葛亮說：「我早就料到曹操會有這樣的詭計，您不妨趕緊加封關羽為『五虎大將之首』，並派他去攻打樊城，這樣敵人就不敢輕舉妄動了。」

這一招果然很有用，迫使曹軍不敢南下，更令東吳膽寒。

不過，聽說關羽要攻打樊城，曹操還是立刻派了于禁和龐德率領七路大軍前來應戰。擔任前部先鋒的龐德，甚至還抬棺前來，表示要與關羽決一死戰。

在交戰中，關羽不慎被龐德暗箭射中，情勢危急，但因于禁有私心，不想讓龐德立了頭功，竟突然鳴金收兵，害龐德失去了大好的機會，也讓關平有機會救父回營。

關羽回營，拔了箭頭，幸好箭射得不深，就用金瘡藥敷上。關羽痛恨龐德，對眾部將咬牙切齒道：「我發誓一定要報此一箭之仇！」

龐德天天都來挑戰，關羽很想出戰，但都被大家勸住，希望他先把傷養好再說。龐德對于禁說：「眼看關羽因箭瘡不能行動，我們應該趁此良機，統率七軍一起殺入他們寨中，就可救樊城之圍。」

但于禁不想讓龐德立功，深恐滅了自己的威風，便一再推諉，甚至還命七軍轉過山口，在離樊城北十里的地方，依山築寨。然後，于禁自己領兵截斷大路，再令龐德屯兵於谷後，想讓龐德不能進兵成功。

過了半個多月，關羽的箭傷已經痊癒，便親自觀察敵情。當他看見于禁的大軍都駐紮在低窪處，立刻命人準備船筏。

「陸地作戰，為什麼會需要水具？」關羽的手下都感到很困惑，其實關羽是想到一條妙計。

原來這時正值八月秋天，一連下了幾天大雨，襄江水位暴漲，水勢甚急，關羽認為這是一個可以好好利用的大好機會。

其實，魏軍中也有人想到了這一點。有一個叫做成何的督將，提醒于禁道：「聽說荊州兵都移到了高處，並準備了戰筏，我們也該趕緊做好準備，把營寨移到高處，否則江水泛漲，我們就危險了。」

可是，于禁認為成何是在危言聳聽，企圖混亂軍心，把他痛罵一頓之後，就把他趕出去了。

成何又來見龐德，說了自己的憂慮，龐德倒覺得成何說得很有道理，既然于禁的大軍不肯轉移陣地，至少他這裡的部隊第二天就屯於他處吧！

但是，當天夜裡，風雨大作，暴雨下個不停，關羽見江水暴漲，就命士兵趕緊把各處的堤防統統掘開。蓄積了多日的江水，一下子就都向曹營無情的沖了過去！

龐德當時正在帳中，還在想著第二天要轉移陣地的事，忽然聽到轟然一聲巨響，奔出帳外一看，只見大水有如萬馬奔騰般從四面八方一湧而至！

七軍驚慌亂竄，隨波逐浪，拚命在水中掙扎，呼號者不計其數，才一眨眼的工夫，平地的水深就已達一丈餘！

于禁、龐德和眾部將，匆匆各登小山避水，而早已做好準備的關羽等人，則乘著戰筏，搖旗鼓噪，追殺而至，很快的便包圍了小山。

于禁見無路可逃，便向關羽投降。龐德則拚命苦戰，不願投降，但最後終因寡不敵眾而被生擒，後來又被關羽喝令刀斧手推出去斬首。

一夜之間，曹軍七路人馬，大部分都被淹死，少數熟悉水性的也都成了俘虜。關羽大獲全勝而回。

第十九章　刮骨療毒

關羽繼續領兵四面攻打樊城。樊城守將曹仁本來只顧護城堵水，無心與關羽交戰，但這天關羽前來叫陣時，曹仁在城樓上看到關羽只披了掩心甲，斜袒著綠袍，安全防護做得不夠，立刻緊急招來五百名弓箭手，朝關羽一起放箭！

關羽急急勒回馬時，右臂已中了一箭，頓時翻身落馬，幸好關平勇敢的衝殺，才從已經衝出城來的曹軍手中救回了父親。

關羽歸寨之後，把箭拔出來一看，眾人這才發現原來這是一支毒箭，而且箭頭藥毒已深入骨頭，造成關羽右臂青腫，無法動彈。

關平和眾部將都勸關羽暫時收兵，班師回荊州去調理傷勢，關羽卻喝道：「拿下樊城，已是指日可待的事，而拿下樊城之後，就可長驅大進，逕到許都，剿滅曹賊，以安漢室，怎麼能因這點小傷而誤了國家大事？」

眾部將見關羽不肯退兵，只得四處遍尋名醫。

有一天，有一個人從江東駕著小舟而來，直到寨前，求見關羽，說自己名叫華陀，是沛國譙郡人，素聞關將軍是天下英雄，因聽說關將軍中了毒箭，所以特來醫治。眾將領一聽是神醫華陀來了，急忙帶他去見關羽。

關羽當時正在下棋。華陀檢查了關羽的傷口之後表示：「毒氣已經侵入到骨頭，如果再不醫治，這條胳膊就不保了，我有一個醫治的辦法，只是擔心將軍會害怕。」

關羽笑著說：「我視死如歸，連死都不怕，還有什麼好怕？」

華陀說：「我的辦法是——找個僻靜的地方，立根大柱子，柱子上釘一個鐵環，將軍把手臂套在鐵環裡繫緊，矇上眼睛，然後我用刀先割開傷口的肉，露出骨頭，再刮掉骨頭上的毒，敷上藥，最後再用線縫好傷口，這樣就可以治好了。」

關羽聽了，絲毫不以為意，還是笑著說：「簡單，簡單！何必還要用什麼柱子、鐵環的那麼麻煩，你就直接動手吧！而且也別找什麼地方了，就在這裡吧！」

說完便命人擺上酒席，招待華陀。

關羽飲了數杯酒之後，一邊繼續下棋，一邊滿不在乎的伸出手臂，要讓華陀醫治。

華陀令人捧著一個盆子放在關羽臂下，準備接血，然後取出一把尖刀對關羽說：「我這就要動手了，請將軍不要驚慌。」

關羽說：「我隨你怎麼醫治，驚慌什麼？我又不是一般那種怕痛的膽小鬼！」

華陀於是不再多說，直接下刀，割開皮肉，露出骨頭，骨頭上都已經青了。華陀用力刮骨，刮得窸窣有聲，帳內帳外，看見的莫不掩面失色，關羽卻照樣喝酒吃肉，談笑下棋，面上全無半點兒痛苦的神色，完全像個沒事人似的。

過了一會兒，血幾乎已流滿了一盆。華陀把毒澈底刮乾淨之後，

敷上藥，最後再用線把綻開的皮肉縫起來。

關羽大笑著站起來，告訴眾將領：「現在我的手臂已經伸展自如了，一點也不痛，先生真是一位神醫啊！」

華陀也說：「我一生行醫，還從來沒見過這種事，將軍真是一個天神啊！」

不過，華陀也提醒關羽，箭傷雖然已經醫治，還是需要小心護理，千萬不要發怒，至少要等過了一百天，才算完全痊癒。

第二十章 三國鼎立

關羽自擒了于禁，斬了龐德，威名大震，華夏皆驚，曹操甚至還因擔心關羽會帶兵直至許都，而有了遷都的念頭，但司馬懿阻止了這個計畫，並建議曹操不妨派遣使者去東吳陳說利害，請孫權一起出兵夾擊關羽，這樣樊城之危也就可以解除了。

孫權欣然同意了曹操的要求。這時，東吳統帥呂蒙，主張趁關羽現在忙著兵圍樊城的時候，襲取荊州，孫權很欣賞這個主意，因為他老早就想把荊州拿回來，遂令呂蒙負責率兵拿下荊州。

可是，當呂蒙派人偵察，才發現關羽不僅留下了相當的兵力保護荊州，還在江邊建造了不少負責警戒的烽火臺。

這下呂蒙可著急了；如果打，恐怕無法取勝，如果不打，「拿下荊州，全據長江」的計畫又是自己提的，要怎麼向孫權交代呢？呂蒙急得沒辦法，只好裝病，再派人送信給孫權，請他另派將領。

有一位青年將領陸遜得知此事，猜出呂蒙的心事，便在孫權的首肯下，趕來拜見呂蒙，對呂蒙說：「關羽為人驕傲自大，自恃英雄蓋世，所向無敵，除了將軍以外，誰都不放在眼裡，如果將軍藉口病重，辭去守陸口的職務，請別人來統率軍隊，再讓那人用謙卑的口氣給關羽寫封信，恭維讚美他，讓關羽得意忘形，誤以為新統帥是無能之輩，而毫無戒心，這樣他就會把留守荊州的士兵統統撤向樊城，而只要荊州無備，我們再以迅雷不及掩耳的速度奇襲荊州，要拿下荊州就易如反掌了。」

這條計策果然奏效。關羽一時不察，竟真的丟失了荊州這麼一個軍事重鎮。

「大意失荊州」之後，關羽懊悔不已，氣急攻心，上回右臂還沒有完全痊癒的傷口又迸裂了，竟痛得昏死過去，眾人都驚呆了。

但關羽不顧自己的傷勢，一方面派人去成都討救兵，一方面執意要從陸路殺回荊州。

不料，在往荊州的路上，關羽又被東吳的幾名大將圍困在山中，四面受敵。

關羽的士兵大多都向東吳投降，關羽和關平父子倆只帶著區區

五、六百人，多半還都帶著傷，退守麥城。

孫權派諸葛瑾前來勸關羽投降東吳，但已身陷絕境的關羽仍然不為所動，大義凜然的拒絕了招降。

最後，關羽在眼見糧草盡無，又得不到救援的情況下，決定棄城突圍，但不幸失敗了。最後，麥城被吳軍占領；建安二十四年冬十月，關羽父子倆雙雙遇害。

孫權害怕劉備一旦得知關羽被害以後會大舉進攻，於是，一方面盡收荊、襄之地，一方面把關羽首級用木匣裝好，連夜送給曹操。

曹操一開始還高興的說：「太好了，關雲長死了，夜裡我總算可以好好睡覺了。」

但主簿司馬懿卻說：「這顯然是東吳移禍之計！明明是東吳害了

關羽，擔心劉備復仇，所以故意將關羽的首級獻給大王，想讓劉備遷怒大王，然後不攻吳而攻魏！」

曹操覺得司馬懿分析得很有道理，便決定要以大臣之禮厚葬關羽。

不過，曹操還是想看看關羽的首級一眼，便叫吳使呈上木匣，打開一看，看關羽的面目和平日沒有什麼不同，便脫口笑道：「雲長公別來無恙啊！」萬萬沒有想到，話音剛落，關羽竟然口開目動，鬚髮皆張！曹操大驚失色，竟然一個踉蹌，昏了過去。稍後，當曹操被救醒之後，只對眾將官說了這麼一句：「關將軍真是天神啊！」

來自東吳的使者，又把關羽死後顯聖附體、大罵吳軍的事告訴曹操，曹操聽了，更加恐懼，從那以後，就經常頭痛得要命。

這天，有人把神醫華陀請來為曹操看病。華陀說，曹操的病根在腦袋中，要先讓曹操飲「麻肺湯」，如同醉死，然後用利斧砍開腦袋，取出「風涎」，再把腦袋加以縫合，就會好了。

曹操大怒道：「你想殺我啊！」

華陀說：「大王可曾聽說過關羽中了毒箭，我為他刮骨療毒的事？當時關羽都毫無懼色，大王您又何必這麼多疑呢？」

如果華陀不提關羽還好，一提更糟，曹操怒氣沖沖的說：「胳膊可以割開，但腦袋可以砍開嗎？你一定是和關羽交情很好，想乘機為他報仇吧！」

說罷，曹操就令左右把華陀抓起來，嚴刑拷打！多少人為華陀求情都沒用。不久，一代神醫竟然就這樣莫名其妙的冤死在獄中。

西元二二〇年（建安二十五年）春正月，曹操病死；同年，曹操的兒子曹丕廢了漢朝，立國號為「魏」，改「建安二十五年」為「延康元年」，定都洛陽。

九年以後，孫權也當了皇帝，國號為「吳」，定都建業。

三國鼎立，正式形成。

國家圖書館出版品預行編目資料

三國演義：群雄鼎立分天下/管家琪改寫；NOFI繪. --
初版.-- 臺北市：幼獅文化事業股份有限公司，2024.04
面；　公分. --（故事館；92）

ISBN 978-986-449-320-3（平裝）

857.4523　　113001794

·故事館092·

三國演義：群雄鼎立分天下

改　　寫＝管家琪
繪　　圖＝NOFI
出 版 者＝幼獅文化事業股份有限公司
發 行 人＝葛永光
總 經 理＝洪明輝
總 編 輯＝楊惠晴
主　　編＝沈怡汝
特約編輯＝吳佐晰
美術編輯＝游巧鈴
總 公 司＝10045臺北市重慶南路1段66-1號3樓
電　　話＝(02)2311-2832
傳　　真＝(02)2311-5368
郵政劃撥＝00033368

印　　刷＝崇寶彩藝印刷股份有限公司
定　　價＝300元
港　　幣＝100元
初　　版＝2024.04
書　　號＝987267

幼獅樂讀網
http://www.youth.com.tw
幼獅購物網
http://shopping.youth.com.tw
e-mail：customer@youth.com.tw

行政院新聞局核准登記證局版臺業字第0143號